AF447385

Franck Bö

ParadisPerdus

Les vrais héros vivent toujours
de grandes aventures...

I

1973. L'année du premier choc pétrolier et des files interminables de voitures s'agglutinant devant les stations-service. L'année où remplir son réservoir devint soudain plus important que changer le monde et la vie. L'année du début des emmerdes... *Le 27 janvier,* un accord de cessez-le-feu fut signé à Paris entre les États-Unis et le Vietnam ; quelques mois plus tard, Henry Kissinger et Lê Đức Thọ se virent conjointement attribuer le prix Nobel de la paix pour leur contribution aux efforts de rapprochement entre les deux pays ; le second rejeta la prestigieuse distinction en expliquant qu'il restait encore beaucoup à faire ; Salvador Allende, bête noire de Kissinger, le conseiller à la sécurité nationale et tout prochain secrétaire d'État américain, venait de se « suicider » dans son palais présidentiel lors du coup d'État fomenté par le général Pinochet à Santiago du Chili. *Le 27 mars,* Marlon Brando refusa de se rendre à Hollywood afin de recevoir l'Oscar du meilleur acteur pour son rôle dans *Le Parrain* ; à la place de la star, une jeune Apache vêtue en costume traditionnel, ayant pour nom de scène Petite Plume, expliqua à une assemblée médusée que l'interprète de Don Corleone souhaitait par son absence marquer son soutien aux Indiens d'Amérique et dénoncer la manière dont les représentaient depuis trop longtemps le cinéma et la télévision. *Le 16 novembre*, la NASA continuait sa conquête de l'espace en effectuant le lancement de Skylab 4 à cap Canaveral ; la mission principale des trois astronautes embarqués à bord de la station spatiale consistait à observer la fameuse comète Kohoutek et, mine de rien, à en mettre plein la vue aux vilains bolchéviques. *Presque le même jour,* Cohen et Boyer publièrent un article expliquant comment cloner un segment d'ADN, puis transférer le gène d'un crapaud dans une bactérie ; les résultats obtenus par ces deux professeurs d'université provoquèrent un vent de panique parmi la communauté scientifique : et si des organismes ainsi modifiés par l'homme s'échappaient dans la nature ?

Dans la nuit du 31 décembre de l'année précédente, entre minuit moins une et minuit une, Melvil Paradis vint au monde dans une clinique associative précurseure des techniques d'accouchement sans douleur, fruit des amours improbables de Jean-Baptiste, jeune architecte aussi talentueux que dégingandé, quoique très propre sur lui, et d'une jolie secrétaire aux lunettes de mouche fraîchement débarquée toute envapée des chemins de Katmandou et répondant au doux prénom de Réjane. Réjane de Campeaux-Paré était la septième rejetonne d'une vieille famille avec laquelle elle s'affirmait en rupture de ban et qui, s'étranglait-elle, «pleurait sa gloire passée et le poids de sa consanguinité». L'incertitude concernant l'heure exacte de la naissance de Melvil constitue un véritable cas d'école, rapporté depuis lors dans de nombreux ouvrages scolaires destinés aux élèves sages-femmes. En effet, durant ces deux minutes mémorables, l'attention du personnel de la maternité se trouvait entièrement focalisée sur le père du nouveau-né. La fierté mêlée à l'appréhension de devenir papa pour la première fois l'ayant conduit à célébrer l'heureux évènement avant l'heure en s'imbibant de guignolet-kirsch, un breuvage très en vogue cette année-là, il s'était mis à vomir aux quatre coins de la salle de travail. La vue de ce petit monstre plein de sang et de sécrétions, qui cherchait à s'extraire de l'entrecuisse de sa femme en l'éviscérant, lui avait complètement retourné l'estomac. Si bien que personne ne connaît précisément la date de naissance de l'enfant. Elle se situe pile-poil à cheval entre deux années et, comme l'officier d'état civil inscrivit très scrupuleusement dans la marge de l'acte authentique, sans doute avec une pointe de malice, «à minuit, + ou - 1 minute», Melvil peut fêter son anniversaire deux jours différents. «Fêter» constitue d'ailleurs un bien grand mot : la Saint-Sylvestre cannibalise tellement l'évènement que face aux cotillons, les bougies sur le gâteau deviendraient presque accessoires ; et avec Noël si proche, il paraît superflu de lui offrir à nouveau des cadeaux, alors qu'il en a déjà sûrement reçu à profusion une semaine auparavant…

Lorsque l'air est entré dans les poumons du nourrisson et qu'il s'est mis à crier, tout le monde a levé distraitement la tête dans sa direction. Mais après deux ou trois secondes de flottement, chacun est retourné vaquer à ses occupations. Il fallait calmer l'heureux papa, faire disparaître cette épouvantable senteur d'huîtres farcies régurgitées qui assaillait l'odorat du personnel hospitalier, et surtout se souhaiter les meilleurs vœux de bonheur pour la nouvelle année. Confrontée à cet invraisemblable tohu-bohu, la maman fit une crise de nerfs retentissante. Le travail avait commencé vingt-deux heures auparavant et elle désirait qu'on mît un terme immédiat à son calvaire.

— De l'opium ! Je veux fumer de l'opium ! hurla-t-elle à peine le cordon ombilical coupé, ce qui fit tellement honte à son mari qu'il en expulsât spasmodiquement, par la bouche, le peu qui lui restait encore dans le ventre d'une bouillie fermentée de petits-fours aux œufs de lump.

L'obstétricien de garde eut beau expliquer à la jeune femme que son cerveau était en train de sécréter une hormone euphorisante qui lui ferait progressivement oublier les légers désagréments qu'elle venait de subir, et qu'elle considèrerait bientôt cette journée comme l'une des plus merveilleuses de son existence, il dut se résoudre, après s'être fait traiter de tous les noms – de charlatan à trou du cul, en passant par sale bâtard et sac à merde –, puis avoir reçu une paire de gifles rageuses ainsi que deux ou trois ustensiles médicaux qui se trouvaient à portée de main de la maman récalcitrante, il dut se résoudre donc à lui administrer cinquante milligrammes de Valium sur-le-champ ! Le nouveau-né fut installé dans une couveuse, où il sentit d'instinct qu'il ne connaîtrait jamais, ô grand jamais, le réconfort de câlins aimants ni la douceur du lait maternel. Face à l'indifférence générale, il se tut et personne ne l'entendit jamais plus crier. Ou presque…

Trois ans, cinq mois, deux jours, onze heures trente-deux minutes plus tard, avec une incertitude de plus ou moins une minute, le petit Melvil ne parlait toujours pas et restait confiné dans son isolement. Tout au plus parvenait-il à balbutier deux mots, certes indispensables à cet âge : «yahi» qui signifiait gâteau et plus largement tout ce qui pouvait s'ingérer, et «goulin» qui désignait une vieille tétine si déchiquetée qu'il fallut un beau matin la jeter de peur qu'il ne s'étouffe avec – décision douloureuse qui circonscrivit encore plus l'étendue de son vocabulaire. En effet, Melvil refuserait par la suite toutes les nouvelles «tototes» qu'on lui présenterait en piquant des colères homériques, à s'en pâmer jusqu'à devenir bleu cyanosé, au point que l'on devait le pendre par les pieds et le secouer comme un cocotier afin de le contraindre à respirer. Ce qui, au passage, permettait à son auditoire de faire passer à bon compte son exaspération en donnant l'impression qu'il s'agissait du seul moyen de le calmer et non d'une manière déguisée de le mater. Du genre : œil pour œil, dent pour dent! Il nous du fil à retordre, le moutard, mais il ne risque pas d'oublier la leçon! Dans cet environnement plutôt hostile, Melvil limitait son mode de communication à des borborygmes et à des gesticulations, qui paraissaient entièrement consacrés à des considérations d'ordre alimentaire : le bout de chou attirait les regards sur lui en chouinant, puis montrait en alternance du doigt les plats de nourriture et son orifice buccal…

— Quel benêt! Quel gros benêt! soupirait sa grand-mère paternelle dès qu'elle songeait à sa descendance, ce qu'au demeurant elle préférait s'épargner. Qu'ai-je donc fait au Bon Dieu pour mériter un rejeton pareil?

En dépit de tout ce qu'elle avait pu penser de cet enfant ingrat, à peine quelques heures passées à le garder mirent à mal ses certitudes et l'amenèrent à revoir son jugement de fond en comble. La journée avait pourtant commencé sous de bien mauvais auspices, puisque la vieille dame s'était rendu compte que son petit-fils semblait ne pas avoir acquis les plus élémentaires notions de propreté, ce qui à son âge constituait selon elle un signe manifeste de débilité. Un peu énervée de devoir le changer pour la troisième fois de la matinée, elle décida de laisser le petit chiard macérer quelque temps dans son jus nidoreux, avant d'approcher la couche de son nez pour qu'il en hume le contenu. De cette façon, elle pensait partager avec lui le désagrément qu'il lui faisait subir, puis, en lui montrant le pot, l'aider à comprendre qu'il valait mieux se soulager dans ce réceptacle plutôt que de s'exposer à des rabrouements inutiles. Elle n'avait aucune idée de ce que pouvait être le conditionnement selon Pavlov, mais elle avait entendu son beau-père répéter des dizaines de fois que ce qui marche pour les chiens marche aussi pour les gamins récalcitrants. Et à nouveau, elle fut convaincue que cet homme, paix à son âme – et qu'elle brûle en enfer! – était une vraie truffe. Melvil fit une moue écœurée, avant d'esquisser une grimace vicieuse. Tandis qu'elle s'apprêtait à le torcher, il s'empara d'un geste vif de la couche usagée et profita de l'effet de surprise pour la lui écraser en plein milieu du visage. C'est d'ailleurs à cette occasion historique que le petit articula ses premiers mots intelligibles en se tordant de rire :

— Bien fait ! s'esclaffa-t-il tout en aspergeant son aïeule d'un jet d'urine triomphant. Bien fait pour la mémé !

Puis il bondit sur le sol, les fesses à l'air, et prit la fuite en se marrant :

— Tu ne pourras jamais rattraper Melvil ! Il galope vite, cet enfant !

L'ancêtre, qui avait de l'humour mais pas très bon caractère, pensa qu'un gamin si prompt à éviter les gifles ne pouvait pas être aussi demeuré qu'il s'arrangeait à le faire croire. Et puisqu'il savait manifestement comment provoquer l'attention des adultes en leur pourrissant l'existence, elle le classa, après une folle course-poursuite à travers l'appartement qui la laissa autant sur les rotules que les nerfs en pelote, dans la catégorie plus valorisante des petits génies durs à cuire. Et l'avenir confirma cette brillante intuition !

Dès ce jour, à trois ans, cinq mois… et les fameuses deux minutes d'incertitude, Melvil se mit à parler avec une aisance déconcertante. Son imposture démasquée, puisque son français allait s'avérer plus que parfait pour son âge, il passa presque du jour au lendemain du mutisme le plus complet à un débit de paroles proche de celui d'un commentateur de sports hippiques.

— Pourquoi le ciel est bleu ? Tu préfèrerais qu'on te coupe une jambe ou un bras ? On peut acheter des croquettes pour chat au goût de souris ? Pourquoi Superman met son slip au-dessus de son pantalon ? Pourquoi tu réponds n'importe quoi ? Et pourquoi tu parles plus ?

Alors que la mélancolie dans laquelle elle avait sombré depuis la naissance de son fils semblait peu à peu s'estomper et que le médecin de famille lui-même, qui plus prosaïquement avait diagnostiqué une dépression post-partum carabinée, la croyait enfin sur la voie de la guérison, sa maman fut prise au dépourvu par cette soudaine logorrhée qui lui donnait le tournis. Elle chercha des explications à ce brusque changement de comportement, mais ne parvint pas à en formuler de plausibles. Ce phénomène qui dépassait l'entendement, cette irruption de l'irrationnel dans son existence jusqu'alors sans histoire, la terrifia tant et si bien qu'elle rechuta de façon spectaculaire. Pire : son cas s'aggrava sérieusement. Après trois jours d'angoisse et de privation de sommeil, l'esprit instable de Réjane fut emporté dans un élan de mysticisme confinant bientôt à l'obsession.

— Melvil court un grand danger ! se mit-elle à répéter en boucle, comme un vieux disque rayé.

Mon bébé court un grand danger, mais Jésus est son allié…

Entre prières et psalmodies, cet épisode délirant s'acheva sur une impressionnante série de convulsions, qui fit d'abord penser à une attaque d'épilepsie, puis de manière plus rationnelle à une overdose de substances pas forcément licites.

— Ils l'amènent où maman, les messieurs en blanc ? Tu crois qu'elle va mourir si elle n'arrive pas à dormir ? Les asticots, ils nous mangent sous la terre ou ils commencent avant ? Je peux goûter aux petites pilules sous son lit ? Le Mandrax® [1], c'est comme les Carensac® [2] ? interrogea Melvil.

Depuis longtemps, les psychotropes dont Réjane abusait sans retenue, et les différents gourous qui venaient régulièrement se pencher sur le berceau de Melvil faisaient flotter dans la maison une atmosphère psychédélique, digne des communautés hippies les plus contemplatives, pour lesquelles la jeune femme rêvait en secret de

(1) La méthaqualone, plus connue sous les noms de Mandrax® en France et de Quaalude aux États-Unis, est un sédatif, dépresseur du système nerveux central. Détournée de son usage médical, cette drogue récréative à la mode dans les années soixante et soixante-dix est appréciée pour ses effets à la fois planants et euphorisants. David Bowie chante «Quaalude and red wine» et Keith Richards des Rolling Stones avoue en avoir parfois dans les poches.
(2) Les Carensac® sont des dragées de réglisse colorées produites par la firme Haribo® et très populaires chez les enfants depuis plusieurs générations.

tout plaquer. Son compagnon, Jean-Baptiste, bientôt connu de tous dans le petit milieu de l'architecture sous le sobriquet de JB, acceptait de financer à grands frais la frénésie ésotérique de celle qu'il traînait derrière lui comme une erreur de jeunesse, «[s]on fardeau à porter» comme il l'appelait, pourvu qu'elle se tînt à bonne distance de ses affaires et ne revînt jamais travailler à son cabinet. À sa sortie de l'hôpital, Réjane s'empressa d'ailleurs de renouveler entièrement son stock de fétiches et de talismans en provenance directe des lieux emblématiques de la contre-culture que représentaient à ses yeux Goa, Ibiza et San Francisco. Car elle se sentait ragaillardie par la mission qu'elle s'était promis de remplir. Mieux : transcendée. Conjurer le mauvais sort qui frappait son fils et protéger à tout prix ce dernier des forces occultes qui lui voulaient du mal allait dorénavant requérir toute son énergie vitale, occuper toute sa psyché. Mais elle aurait beau brûler les encens les plus musqués en l'honneur de Ganesh, effectuer les danses les plus exaltées pour amadouer Vishnou, elle aurait beau se priver pendant plusieurs jours de vêtements et de nourriture, renoncer à toute forme d'hygiène corporelle ou bien s'astreindre des semaines durant au mutisme le plus absolu, rien n'y ferait : un flot ininterrompu de questions continuerait de se déverser sur elle, qu'aucun exorcisme ne parviendrait jamais à endiguer !

À quatre ans et demi, Melvil entra à l'école primaire, où sa maîtresse constata avec étonnement qu'il savait déjà lire, écrire et compter, et ce avec une aisance déconcertante. Seule la calligraphie de la lettre « z » semblait lui poser problème, ce qui fit pousser à l'enseignante un ouf de soulagement, épatée qu'elle était par les facultés assez exceptionnelles de cet enfant, mais perturbée devant la perspective de faire cours durant deux années à cet élève presque omniscient.

— Tu as du mal à la tracer parce qu'il s'agit de la dernière de l'alphabet et qu'elle est très difficile… lui expliqua-t-elle, sans se douter du calvaire qu'elle allait subir en représailles pour avoir osé remettre en question ses prodigieuses capacités, plutôt que de l'en féliciter.

— Maman dit que l'écriture est la science des ânes ! répliqua-t-il très froidement en esquissant devant elle une série de « z » tous plus parfaits les uns que les autres, ce qui laissa l'institutrice pantoise – et combien désarmée !

Deux ans et demi plus tard, Melvil prit une décision mûrement réfléchie, la plus importante de sa courte existence : après moult hésitations, il se résolut à vendre tous ses jouets au marché aux puces du quartier, à l'exception notable de ses *Pif Gadget*, afin de se consacrer de façon exclusive à l'étude des grands classiques. À son âge, faire «vroum vroum» avec une collection de bolides miniatures lui semblait une activité trop puérile pour qu'il continuât plus longtemps à s'y adonner. Jules Vernes, Jack London, Michel Tournier et tant d'autres n'avaient qu'à bien se tenir et n'auraient bientôt plus aucun secret pour lui! Le psychologue scolaire le diagnostiqua comme enfant hautement précoce, avec un quotient intellectuel supérieur à cent cinquante. Il suggéra à son père de le placer dans une institution adaptée à ses besoins particuliers et susceptible de lui permettre de développer au mieux son énorme potentiel. Au grand dam du personnel éducatif qui se sentait dépassé par les sollicitations constantes de cet élève hors norme, il refusa net, convaincu que l'appellation «surdoué» dont on l'affublait relevait avant tout de l'effet de mode et constituait une complète fumisterie. De ce fait, le marmot épuisa au moins deux institutrices chaque année, sans qu'aucune ne parvînt jamais à prendre la pleine mesure de ses dispositions. Pour lui, l'école allait représenter un vaste champ d'expérimentation, où tout deviendrait prétexte à distractions. Il saisissait si rapidement le contenu des cours, assimilait avec tant de facilité les leçons, qu'il se serait ennuyé à mourir s'il n'avait pas passé le plus clair de son temps à inventer des manigances de Sioux, puis à les mettre en pratique…

— Regarde ce que j'ai dans ma poche…

— Une clope ?

— Viens, on se planque dans les lavabos !

Les facéties de Melvil commencèrent un peu par hasard, quelques jours après la rentrée scolaire, quand son voisin de classe lui proposa de fumer une Gauloise brune sans filtre qu'il avait subtilisée dans un cendrier alors qu'elle était à peine consumée, et qu'après quelques taffes inhalées profondément, de plus en plus profondément, le plus profondément possible, les deux compères se mirent à cracher leurs poumons à de multiples reprises, puis, victimes de haut-le-cœur irrépressibles, vomirent leurs petits déjeuners respectifs en se tordant de rire. Pressentant le potentiel perturbateur qu'il pouvait retirer de leur incartade, Melvil poussa son nouveau camarade à dérober en toute discrétion les cigarettes de son paternel, afin de les distribuer aux élèves de l'établissement en les incitant à essayer à leur tour. De cette façon, il put constater les différents effets de la nausée sur un échantillon de population infantile, qui allait du teint vert pâle virant au cadavérique chez les plus costauds jusqu'aux quintes de toux frôlant l'insuffisance respiratoire chez les plus asthmatiques. L'écrasante majorité des gamins, s'ils en pleuraient presque de dégoût, continuaient malgré tout à s'asphyxier pour ne pas renoncer à briguer ce statut auquel ils aspiraient tant : être enfin des Grands !

Encouragé par ce premier succès, Melvil s'enhardit et voulut vérifier que le contenu des magazines qu'il avait découverts dans le tiroir de la table de chevet de son papa n'était pas composé de photos truquées. Sa curiosité fut comblée lorsqu'il parvint à regarder sous les jupes des filles en échange de quelques fraises Tagada®, puis à renifler de près l'endroit de leur anatomie qu'il avait surnommé le « millefeuille » contre des Choco BN. Cette pratique connut un tel engouement que la directrice de l'école surprit plusieurs élèves presque nus en train de jouer au docteur dans les salles de cours. Après une enquête discrète qui exonéra les parents concernés de toute inconduite, et encore sidérée par l'irruption de comportements si déviants dans son établissement, elle publia plusieurs articles très remarqués dans la presse spécialisée sur la précocité des nouvelles générations, s'inquiétant en particulier des effets délétères de l'alimentation industrielle sur les jeunes systèmes hormonaux…

Melvil entreprit ensuite d'élever des poux sur les crânes de deux copains de classe, en leur donnant chaque soir une pièce de monnaie s'ils réussissaient soit à ne pas se gratter et de ce fait à ne pas se faire repérer, soit à refiler les parasites à l'autre si l'un de leurs cuirs chevelus avait été inspecté de trop près ; l'ensemble des petites têtes blondes furent constamment réinfectées au cours de l'année scolaire, jusqu'au jour où les garçonnets pris comme cobayes, ravagés de tics nerveux, revinrent tous les deux la boule à zéro. Melvil fut également l'instigateur de batailles épiques de grains de riz, soufflés directement de la bouche sur le visage de l'adversaire par l'entremise de stylos bille évidés et transformés en sarbacanes ; une pratique qui rendit chèvre sa maîtresse, dans l'incapacité qu'elle était en écrivant au tableau de prendre les coupables sur le fait, en dépit des bruits d'impact qui crépitaient de toutes parts. Puis Melvil obstrua les toilettes du gymnase avec le plâtre devant servir à réaliser de magnifiques moulages pour la fête des Mères, parce qu'il ne se figurait pas offrir à sa maman une hirondelle barbouillée aux couleurs de l'arc-en-ciel qu'elle aurait dû, comme dans toute famille aimante, accrocher avec résignation à la porte du réfrigérateur, mais qu'en l'espèce elle aurait plutôt jetée aux ordures après l'avoir copieusement aspergée d'urine et d'eau bénite, afin de s'assurer qu'une telle abjection pour les yeux n'était pas maraboutée, car de toute évidence inspirée par des puissances supérieures qui cherchaient à nuire. Dans un souffle créatif hors du commun, Melvil organisa même un grand concours d'art contemporain en faisant saigner les murs des latrines de l'école à l'aide de cartouches d'encre rouge, œuvres monumentales auxquelles il attribua des noms de films d'horreur : «Meurtre barbare dans la cour de récré » ou « Tortures cruelles chez les CP »…

Son imagination paraissait ne connaître aucune limite, tout comme son aptitude à ne jamais se montrer sous son véritable jour. Et parce qu'il détestait s'ennuyer et qu'il n'était jamais démasqué, il intensifia ses opérations terroristes, au point de provoquer cette année-là trois dépressions nerveuses dans le corps enseignant…

Pour ses dix ans, son père lui ramena d'un long voyage aux États-Unis son premier micro-ordinateur : un Apple IIe, doté d'un processeur MOS 6502, le *must* de la technologie. L'engouement qu'il éprouva alors pour l'informatique et les jeux d'arcade le détourna presque instantanément de ses activités subversives. La vocation de devenir le meilleur joueur de sa génération était née et rien n'aurait pu le faire dévier de sa brillante destinée. Il fut d'ailleurs le second dans le monde à découvrir qu'il était impossible de dépasser le 256e labyrinthe de Pacman à cause d'un bug qui submergeait la moitié droite de l'écran sous un amoncellement de symboles, mais ceci est une autre histoire…

La même année, la maman adorée de Melvil fut internée contre sa volonté dans ce qu'on appelait alors avec pudeur une maison de repos. Autrement dit, un hôpital psychiatrique. Officiellement, il s'agissait de prémunir son fils des sévices aussi bien physiques que mentaux qu'elle lui faisait subir, bien qu'il se soit également murmuré à l'époque que son compagnon – et papa dudit bambin – avait certains projets en tête qui supposaient de pouvoir se dépêtrer de la malheureuse au plus vite. Quelles que fussent les motivations véritables, le soir de pleine lune durant lequel elle pourchassa son infortuné rejeton avec un marteau dans une main et un pieu dans l'autre, tout en récitant à tue-tête des formules cabalistiques, rendit évident à tous qu'une mesure d'éloignement, ainsi qu'une prise en charge par un service spécialisé s'imposaient dans les meilleurs délais, sous peine de voir la famille apparaître à plus ou moins brève échéance à la une des journaux dans la rubrique des faits divers sordides.

Réjane Paradis, née de Campeaux-Paré, n'est toujours pas ressortie de l'unité de soins intensifs où elle a été admise. Personne ne paraît encore à ce jour en mesure d'expliquer pourquoi elle perdit définitivement pied avec la réalité. Avait-elle, en bonne adepte des paradis artificiels, un peu trop cherché à élargir ses champs de conscience ? Pour sa part, elle continua au cours de ses séances de thérapie à incriminer son pauvre enfant, qui selon elle était un mutant extrêmement dangereux, qu'un démon aurait implanté dans son utérus lors d'un voyage au Népal. La preuve : pendant son sommeil, il déplaçait mentalement certains objets de la maison, et parfois son urine était bleue…

II

1983. Avec le tournant de la rigueur et la conversion à l'économie de marché, les socialistes français font leur révolution, tandis que se délitent les dernières illusions. C'est le début d'une nouvelle ère, commencée quatre ans plus tôt en Grande-Bretagne avec l'élection de Margaret Thatcher, celle d'une idéologie qui avance masquée et ne dit pas encore son nom, celle du fric roi, du chacun pour soi, de la surconsommation. Et bientôt, l'éloge de la prédation… *Le 23 mars,* le président Ronald Reagan annonce publiquement le lancement d'un programme d'armement révolutionnaire intitulé Strategic Defense Initiative, rapidement surnommé « guerre des étoiles » ; son objectif est de protéger les États-Unis d'Amérique contre une éventuelle attaque nucléaire en détectant puis en détruisant les missiles balistiques venus de la haute atmosphère. *Le 25 avril,* Luke

Skywalker retourne sur la planète Tatooine pour sauver son ami Han Solo, prisonnier du terrible brigand Jabba le Hutt. *Le 20 mai*, douze chercheurs publient un article dans la revue *Science* annonçant la découverte d'un nouveau virus : le VIH ; bien que cette parution ne rencontre pas immédiatement un écho retentissant, on estime à plus de vingt-cinq millions le nombre de morts provoquées depuis lors par le syndrome d'immunodéficience acquise, plus communément connu sous l'appellation de Sida. *Le 2 décembre,* Michael Jackson effraie la terre entière avec *Thriller*, une vidéo de quatorze minutes, dotée d'un scénario et tournée en 35 mm, morceau d'anthologie qui révolutionne à jamais la culture pop avec son rythme obsédant et ses zombies danseurs ; à ce jour, l'album du même titre demeure le plus vendu de tous les temps…

Alors que la France expulse quarante-sept « diplomates » soviétiques de son territoire, *le 5 avril exactement*, une figurine en plastique nommée « Big Jim super agent secret », produite par la firme américaine Mattel pour concurrencer la série « Action Joe » de Hasbro, le jouet le plus populaire des cours de récréation, vient bouleverser l'existence si paisible du petit Melvil et le conduire à dire définitivement adieu au monde merveilleux de l'enfance. C'est à cette date, *un samedi à neuf heures trente-deux*, que son père lui fait entamer la visite de l'immense appartement qu'il a acquis au dernier étage d'un immeuble haussmannien du centre-ville et qu'il prévoit de rénover à grands frais, afin de les y installer au plus vite. C'est également le jour qu'il a choisi pour lui présenter sa nouvelle compagne, quelques semaines à peine après l'hospitalisation de Réjane, sa maman.

— Vous me faites une blague ? s'enquiert l'enfant en déballant sans enthousiasme le cadeau que la jeune femme vient de sortir de son sac à main pour le lui offrir. Sérieusement ? Une poupée ?

— Mais voyons, tous les garçons de ton âge adorent Big Jim ! lui assure-t-elle, vaguement embarrassée. J'ai dû me rendre dans plusieurs magasins pour en trouver un. Il n'y en a plus nulle part. Regarde comme c'est amusant : en lui tournant le bras, tu peux lui donner plusieurs visages différents. Tu n'aimes pas jouer aux espions avec tes copains ?

Un long silence s'ensuit, durant lequel la sylphide aux cheveux blonds peroxydés paraît retenir son souffle en attendant une réaction de Melvil, avant qu'à son grand soulagement celui-ci se décide à sortir le mannequin de sa boîte, en la déchirant sans précaution.

— Je crois que les hommes musclés conviennent mieux aux nénettes de votre âge, tranche-t-il soudain en lui jetant la figurine dans les mains, puis en regardant avec insistance le ventre légèrement rebondi de son père.

Les deux adultes échangent une mimique consternée. Ils devinent que l'entreprise de séduction risque d'échouer et que la partie qui s'engage ne sera pas aussi facile à emporter qu'ils l'avaient espéré.

— Ton papa te considère comme un enfant un peu à part, confie au garçon la jeune femme, après avoir allongé ses lèvres en une moue perplexe. Et je commence à comprendre pourquoi…

Melvil la regarde droit dans les yeux, non pas comme s'il tentait de la jauger, mais plutôt de la transpercer ou de la faire fondre. Si jamais cette pimbêche s'imagine pouvoir le soudoyer avec des babioles pour qu'il la laisse tranquillement prendre la place de sa mère, alors que celle-là est encore toute chaude, elle se met le doigt dans l'œil jusqu'au coude. Déjà qu'elle s'est crue en terrain conquis en effectuant au pas de charge le tour du propriétaire et en donnant son avis sur à peu près tout, de la couleur des murs aux cloisons à abattre, en passant par le mobilier à acheter… Il ne faudrait pas qu'elle pousse mémé un peu trop loin dans les orties. Melvil s'est d'ailleurs empressé de le lui rappeler lorsqu'elle a voulu lui attribuer une chambre et qu'il s'est écrié de façon catégorique :

— Non ! Je préfère celle du fond.

— Comment ça, non ? s'est-elle étonnée en

lui retournant le même regard emprunté, la même mine déconfite que lui inspire à présent son silence obstiné.

Ce qui, à nouveau, lui fait hausser les épaules de manière éloquente.

— Elle est quelconque. Tu mérites mieux comme assistante ! assène-t-il sur un ton péremptoire à son père, lequel en a le souffle coupé.

Et sans se départir de sa morgue, il recommence à toiser l'intruse avec un air bravache, dans une atmosphère de plomb. De son côté, la jeune femme se retient de répliquer et se crispe. Elle se mordille l'intérieur de la lèvre pour s'empêcher de rabattre son caquet à ce mouflet mal élevé, à qui elle aurait presque envie de montrer de quel bois elle se chauffe.

Voilà comment il aura fallu quelques minutes seulement, le temps de visiter un vieil appartement désaffecté, quelques minutes de flottement au cours desquelles les premières impressions se cristallisent, pour que ces deux-là se méfient l'un de l'autre, au point de se regarder en chiens de faïence ; une défiance qui pourrait bientôt se transformer en aversion, puis en franche hostilité appelée à durer longtemps. Très longtemps. Un mauvais départ, en quelque sorte. Une occasion ratée, dont on se remet difficilement et peut-être même jamais.

III

Deux semaines plus tard, le 24 avril 1983, le groupe Hoffmann-La Roche, propriétaire du site industriel de Seveso en Italie, publie un communiqué dans lequel il invite quiconque possédant des renseignements sur les quarante et un fûts de dioxine hautement toxiques en route pour être incinérés à l'usine Ciba de Bâle et qui se sont « perdus » en France après le passage de la frontière à Vintimille, de contacter au plus vite les autorités. Dans un bel élan de générosité, il s'engage à prendre en charge les frais de transport et de destruction de ce polluant organique, dont les effets sur la santé humaine s'avèrent particulièrement délétères.

Sept ans plus tôt, cette même firme, l'une des principales entreprises mondiales du secteur pharmaceutique, attendait cinq jours avant de révéler l'information selon laquelle un nuage d'herbicide contenant la fameuse dioxine s'échappait de son usine lombarde, un accident qui allait empoisonner des centaines de personnes, des dizaines de milliers d'animaux, et conduire au démantèlement des installations ainsi qu'à de lourds travaux de décontamination des sols. En réaction, les États européens se dotèrent d'une politique commune en matière de prévention des risques industriels majeurs, appelée directive Seveso. En représailles, le directeur de la production de l'usine fut abattu en pleine rue par un groupe armé d'extrême gauche proche des Brigades rouges.

Vers treize heures, assis à la droite de son père, Melvil ausculte du bout de sa fourchette le contenu de son assiette d'un air circonspect. D'aspect, on dirait un poisson moribond qui surnage sur le ventre dans des eaux polluées, en quête désespérée d'un peu d'oxygène.

— Contaminé à la dioxine! rumine-t-il avec dégoût.

Malgré la faim qui le tenaille, les effluves aux relents aigres-doux qui émanent du plat le persuadent de se détourner une fois pour toutes du déjeuner et de reprendre le cours de ses pensées. Consterné par ce qu'il observe depuis le début du repas, il soupçonne les hommes d'un certain âge de se comporter avec les femmes qui leur plaisent comme de grands nigauds immatures.

Il suffit qu'une écervelée plus jeune qu'eux d'une vingtaine d'années tortille des fesses et pouffe à leurs moindres blagues vaseuses pour qu'ils bombent le torse et s'imaginent être les rois du monde ! Melvil lève les yeux vers la créature peinturlurée assise en face de lui qui vient d'aménager sous son toit. Elle s'appelle Gabrielle Darley. Comme la marque de farine pour préparer les crêpes et les gâteaux. Elle travaille dans le cabinet de son père en tant que stagiaire-architecte. Elle dort la bouche légèrement ouverte dans le même lit que lui. À chaque fois qu'elle perd ses moyens, elle a tendance à transpirer sous les bras en dégageant une odeur de fraise assez écœurante. Elle possède une jolie dentition, bien blanche et alignée, qu'elle expose à la moindre circonstance afin d'éblouir son auditoire. Lorsqu'elle porte des chemisiers moulants, ce qui lui arrive assez fréquemment, on discerne la pointe de ses seins durcir sous le coup de l'émotion.

— Tu veux de l'eau gazeuse ? demande-t-elle à Melvil, en lui décochant un sourire manquant totalement de naturel.

Celui-ci daigne à peine lui répondre par un mouvement hautain de la tête. S'il ne lui a pas répété au moins dix fois qu'il déteste les boissons avec des bulles, il ne le lui a pas dit une seule. Elle ne remarque pas son expression méprisante, ou du moins elle feint de n'y prêter aucune attention, et se tourne vers l'associé de son père.

— Un peu de vin, cher Stéphane ? Je n'y connais pas grand-chose, mais il paraît que le Mouton Rothschild 1970 est un excellent cru.

— Avec plaisir, Gabrielle ! Vous êtes décidément pleine de ressources. Je dois vous féliciter pour vos endives au jambon : un pur délice !

— Ce n'est pas gentil de vous moquer de moi ! J'ai improvisé un repas sur le pouce.

— Raison de plus. Un seul mot pour votre béchamel : i-nou-bli-a-ble !

— C'est une recette qui vient de ma mère…

— La maman de Gabrielle écrit dans *Marie Claire* ? persifle Melvil, que l'échange d'amabilités a rendu hilare. « Quels baratineurs ! songe-t-il en levant les yeux au ciel. Elle ment comme une arracheuse de dents, et lui, c'est encore pire ! Il lui mange dans la main, mais il doit pourtant bien se rendre compte qu'elles sont franchement dégueulasses, ses endives au jambon ! Amères et aussi peu ragoûtantes qu'un glaviot. Il se fout d'elle ou quoi ? »

— Tu sais que je vais aménager une terrasse sur le toit ? annonce M. Paradis à son collègue, préférant éviter de s'appesantir sur le terrain par trop polémique de la gastronomie. La copro m'a vendu le droit d'utiliser près de deux cents mètres carrés pour une bouchée de pain. Nous avons finalisé les plans hier soir. Gabrielle fourmille d'idées. Tu verras comme elle est douée ! Elle pourrait tous nous surprendre et réclamer rapidement le titre d'associée…

Melvil continue de dévisager la compagne de son père, dont le décolleté plongeant et un grain de beauté trop bien placé attirent le regard des deux hommes tel un aimant. Il connaît par cœur son petit manège, ses œillades discrètes pour capter l'attention quand elle n'occupe plus le centre de la discussion, ses jeux de pieds sous la table pour maintenir une tension permanente. Il a l'impression de lire en elle comme dans un livre ouvert. Malheureusement, il s'agit d'un roman à l'eau de rose plein de faux sentiments. Il n'aime pas ses manières affectées. Et puis, il déteste son maquillage trop voyant et sa façon de s'habiller avec des vêtements qui la vieillissent et la font ressembler aux actrices des feuilletons télévisés, dans lesquels les personnages ont tous de l'argent et du pouvoir ou cherchent par n'importe quel moyen à en obtenir.

— Quelle morue! maugrée-t-il intérieurement. Une mite, une blatte, une verrue… Et ce qu'elle est moche avec son gros cul!

— Alors, mon petit Melvil, il paraît que tu t'intéresses à l'informatique? s'enquiert l'associé de son père, étonné par l'air renfrogné de l'enfant qui donne une expression dure à son visage.

— Énormément! En ce moment, j'apprends le langage de programmation BASIC AppleSoft.

— Oh là là! Tu me parles chinois. Explique-moi à quoi ça sert.

— À écrire des applications pour les ordinateurs Apple. Il s'agit d'un nouveau langage qui possède des capacités de traitement des nombres à virgule flottante et qui supprime les espaces dans les lignes de programme…

— Les gamins de son âge sont tous passionnés par les jeux vidéo! l'interrompt Gabrielle en faisant la moue. Je vous préviens, Stéphane, si vous le lancez sur le sujet, vous en aurez pour des heures! On n'entend parler que de mémoire vive et de kilo-octets à la maison. C'est incompréhensible. Et tellement assommant! Vous reprendrez bien un peu d'endives? Ce serait dommage d'en laisser, pour si peu.

— Non, merci. Je suis rassasié.

— Mon chéri?

— Moi aussi. J'ai terminé.

— Et toi, Melvil? Tu n'as rien avalé…

Pour toute réponse, l'enfant lui tend son assiette en évitant avec soin de croiser son regard. De façon malencontreuse, celle-ci lui échappe des mains et ce n'est que par miracle que la jeune femme parvient d'un geste réflexe à la rattraper au vol.

— Je veux bien du dessert! lui enjoint-il sans s'excuser, avec l'assurance de ceux qui ont l'habitude d'être servis et qui ne conçoivent pas qu'il puisse un jour en être autrement.

— Si tout le monde est d'accord, balbutie Gabrielle en jetant un œil rugueux vers son compagnon, je vais préparer la suite.

Elle ajoute en se forçant à sourire, alors qu'elle se retient d'étrangler ce petit morveux prétentieux :

— J'espère que vous aimez tous la glace…

Lorsque la conversation prend une tournure qui ne lui convient pas, Gabrielle trouve immanquablement un moyen pour recentrer l'intérêt sur elle, mais cette fois-ci, elle en a été pour ses frais. La tentation permanente qu'elle a d'infantiliser Melvil échauffe bigrement les oreilles du garçon. Son assiette d'endives, elle aurait très bien pu se la manger en pleine tronche si elle avait un peu trop insisté ! Avoir réussi à lui rabattre son caquet avec une telle maestria lui soutire un rictus satisfait. Il va profiter du départ de la jeune femme pour enfoncer le clou en lançant un sujet dont il se doute qu'il estompera, pour un temps du moins, l'éclat vénéneux de cette mijaurée qui lui sert momentanément de belle-mère :

— J'ai effectué quelques recherches. Je crois qu'il y aura bientôt des applications très pratiques pour l'architecture.

— Ah oui, fiston ? À quoi tu penses, au juste ?

— À des logiciels capables de produire des dessins techniques. D'ici quelques années, plus personne n'utilisera de crayons ou de papier.

— C'est du grand n'importe quoi! le coupe Gabrielle, revenue si précipitamment de la cuisine qu'elle en a oublié de retirer une partie de l'emballage du dessert glacé. Tu as passé trop de temps devant *Temps X* [1]! Et j'imagine que, nous aussi, on nous remplacera par des machines?

— Mais non, réplique-t-il tout doucement en la couvrant d'un regard indulgent, comme s'il s'adressait à une personne un peu limitée intellectuellement ou trop dépassée pour comprendre, et qu'il cherchait à la rassurer. L'ordinateur viendra nous simplifier la vie, pas penser à notre place.

— Si ce n'était pas de la science-fiction, poursuit-elle sur un ton délibérément moqueur, nous irions tous pointer au chômage autour de cette table.

— Oh, ne vous inquiétez pas! rétorque sèchement le garçon. Je suis certain que vous trouverez toujours une solution pour vous rendre

(1) *Temps X* est une émission de vulgarisation scientifique diffusée de 1979 à 1987 sur TF1, la première chaîne de télévision nationale. À bord d'une navette spatiale, les jumeaux Igor et Grichka Bogdanoff, vêtus de combinaisons sidérales, présentent aux spectateurs des séries fantastiques, telles que *La Quatrième Dimension*, *Le Prisonnier*, *Au-delà du réel* ou *Les Envahisseurs*, et traitent dans la partie magazine de sujets aussi divers que les ovnis et la possibilité d'une vie extraterrestre, les prédictions de Nostradamus pour l'année 1999 ou la création récente d'un réseau mondial de communication qui sera bientôt popularisé sous le nom... d'Internet.

utile. Papa prétend que vous excellez dans bien des domaines…

Cette assurance et cette façon si adulte, si chargées de sous-entendus, qu'il a de la remettre à sa place laissent les autres convives sans voix. Toutefois, l'associé ne peut se retenir de pouffer de rire, tentant maladroitement de dissimuler le bas de son visage derrière sa serviette. Encouragé par l'effet qu'il vient de produire, Melvil lâche tout son fiel :

— Des oranges givrées ? Quelle bonne idée ! Un conseil de grand-maman, cette fois-ci ? Ou une suggestion de *Télé 7 Jours* ?

— Ça suffit, à présent ! s'étrangle son père, en tapant du plat de la main sur la table. Tu dépasses vraiment les bornes ! Tu présentes immédiatement tes excuses à Gabrielle !

— Ne t'inquiète pas, mon chéri, tempère aussitôt sa compagne sur un ton bienveillant, mais qui sonne un peu faux. Ton fils est encore petit. Nous en avons déjà parlé tous les deux. Il nous faudra à tous un peu de temps pour s'habituer à vivre ensemble. Restons indulgents.

— J'attends, fiston ! Ma patience a des limites, insiste Jean-Baptiste.

— Pour le moment, je pense qu'il ne rêve que d'une chose, ajoute-t-elle en lui souriant mièvrement : que je boucle mes valises et que je reparte loin d'ici.

— Vous n'êtes pas si bête quand vous le voulez, ironise l'enfant en imitant ses intonations mielleuses.

— Melvil, tu sors de table et tu files dans ta chambre ! ordonne son père avec une fermeté qui ne laisse guère de place à la contestation.

Le gamin, qui n'a pas quitté la jeune femme des yeux, se lève très dignement de sa chaise. Avant de s'éclipser, il ne peut toutefois s'empêcher de lancer en direction de l'assemblée :

— Si le dessert ressemble au plat précédent, tu ne peux pas me faire plus plaisir, mon petit papa adoré. Exquises, les endives ! Je dirais même plus : ma-gni-fi-ques !

Les trois convives restants échangent des regards embarrassés. L'altercation a jeté un froid et semble les laisser perplexes. Chacun paraît hésiter à prendre la parole en premier.

— Je suis désolé, ma chérie…

— Ne t'inquiète pas, mon amour. J'en ai vu d'autres. Melvil n'est qu'un gosse après tout. Je sais encaisser ce genre de coups depuis l'école primaire.

— Ces dernières semaines ont été mouvementées pour lui. Il a perdu ses repères. Et puis, il faut bien avouer que sa mère ne lui en a jamais fixé beaucoup…

— Il n'en demeure pas moins que ton gamin

est stupéfiant ! s'exclame Stéphane. Il risque de te donner du fil à retordre en grandissant. Tu n'es pas au bout de tes peines. Il s'exprime avec un tel aplomb qu'on oublie complètement qu'il n'a que dix ans. Tu te rends compte : dix ans ! Mon fils en a cinq de plus et, intellectuellement, on dirait un marmot en comparaison. J'avoue que Melvil me déroute.

— Je me fais beaucoup de soucis pour lui. La directrice de l'Institut menace de ne pas le reprendre l'année prochaine. À la rentrée, elle m'avait déjà conseillé de lui faire enjamber une classe ou deux en obtenant une dispense pour qu'il entre directement au collège. J'ai l'impression qu'elle se sent encore plus dépassée que moi… Vous savez ce qu'il m'a demandé la semaine dernière ? La *Comédie humaine* de Balzac ! Pas un bouquin ou deux, ce qui ne serait déjà pas si mal. Non : il prétend vouloir lire la collection complète. Près d'une centaine d'ouvrages. Et le plus troublant, c'est qu'il m'en semble bien capable !

— En ce qui me concerne, Melvil me paraît surtout trop gâté, minimise Gabrielle. Ou du moins il manque de cadre. Il est intelligent, peut-être même brillant, mais il ne faut pas exagérer, ce n'est pas Einstein non plus ! Et surtout, il a de sérieux problèmes de comportement : il n'a aucune limite.

— Je m'en rends bien compte…

— Il se croit le centre du monde, parce qu'il

ne fréquente pas assez d'enfants de son âge. Il passe ses journées seul, enfermé, avec ses livres ou devant ses écrans. S'il confrontait un peu plus ses désirs à ceux des autres, il rencontrerait plus de résistance qu'avec les adultes et ça lui remettrait les idées en place. À mon avis, quelques semaines cet été en club de vacances lui forgeraient le caractère et lui feraient le plus grand bien.

— Nous en reparlerons en temps utile, statue M. Paradis, qui, en entendant un bruit suspect se rapprocher de la salle à manger, préfère éviter toute surenchère.

Melvil pousse la porte avec l'épaule et entre dans la pièce en traînant derrière lui une malle aux dimensions imposantes, dont le poids rend la manœuvre manifestement pénible.

— Tu es puni, tu dois rester dans ta chambre, grommelle son père en fronçant les sourcils. Qu'est-ce que tu as encore inventé ?

— Comme Gabrielle a parlé de nous quitter, répond-il avec enthousiasme, je lui facilite la vie. Regarde : j'ai préparé ses bagages ! J'ai pu tout mettre dedans, même ses chaussures…

Ulcéré, M. Paradis se lève d'un bond et, hors de lui, gifle furieusement son fils du revers de la main. Sous l'effet de surprise, celui-ci manque de tomber et demeure sonné un instant, tandis que son père, figé, se décompose à l'idée de l'avoir frappé – et au vu de la marque rouge de ses doigts sur sa joue, de ne pas avoir assez mesuré sa force.

— Tu es pire que maman! l'accuse Melvil, sans élever la voix, sans même un tremblement.

Pas une larme ne s'ensuit. Pas un sanglot. Son regard est empli d'une rancœur si vive, si profonde, que son paternel peine à le soutenir… L'enfant jette un œil acéré en direction de Gabrielle. Celle-ci, loin de se sentir coupable, lui adresse un sourire discrètement vainqueur. En réponse, un rictus se dessine sur ses lèvres, dont l'expression carnassière d'un crocodile donnerait une idée. « Tu te crois forte ? semble-t-il lui demander crânement. Nous verrons bien si tu tiens la route… »

Melvil sait qu'il a enfin trouvé une adversaire à sa mesure. Et le jeu auquel il va se livrer avec elle est le plus dangereux qui soit, le plus excitant aussi : ils vont jouer à la guerre.

IV

WAR!

Le 5 mai 1983, des carnets intimes d'Adolf Hitler sont publiés à grand renfort de publicité par le magazine allemand *Stern* ; mais ils se révèlent être des faux grossiers. Bien que fabriqués avec du papier et de l'encre modernes et truffés d'erreurs historiques, ces documents ont abusé de nombreux experts et ridiculisé la presse internationale.

Le même jour, à sept heures vingt-neuf, la sonnerie stridente du radio-réveil à quartz anormalement poussé à son volume maximum fait sursauter Gabrielle, qui l'éteint d'un geste rageur. Il s'en est fallu de peu qu'elle l'envoie valdinguer contre le mur ! Elle était pourtant certaine de ne pas l'avoir collé si près de son oreille en se couchant… À peine a-t-elle le temps de reposer sa tête sur le traversin, le cœur palpitant, qu'elle remarque le clignotement de l'appareil dans l'obscurité.

— Font chier, ces coupures de courant! fulmine-t-elle en cherchant à tâtons l'interrupteur de sa lampe de chevet.

Stupeur : sa montre indique qu'il est en réalité *huit heures un quart*! Il lui reste tout au plus trois quarts d'heure pour se laver, petit-déjeuner, déposer le monstre à l'école et arriver à temps au travail! Autant dire mission impossible… Elle s'élance vers la salle de bains et se répète à l'envi que si la secrétaire de l'accueil continue de lui prendre exprès des rendez-vous à neuf heures pétantes, elle va finir par l'égorger ; par sa faute, elle va être de mauvaise humeur toute la journée.

À huit heures vingt, alors qu'elle se masse le cuir chevelu avec le shampooing aux algues dont elle adore d'habitude le parfum, mais qui sent aujourd'hui le liquide vaisselle, elle pousse un hurlement retentissant : l'eau est subitement devenue glacée! Elle a beau tourner à plusieurs reprises le bouton dans un sens puis dans l'autre, espérant à chaque fois que la température revienne à la normale, elle doit finalement se résoudre, avec toute cette mousse qui dégouline de sa tête, à retourner sous le jet, serrant les dents très fort puis vociférant.

À huit heures vingt-cinq, elle constate que le sèche-cheveux hors de prix qu'elle s'est offert avec sa première paie ne se trouve pas à sa place habituelle, bien en évidence sur le plan de travail suspendu, à côté des flacons de laques et de son impressionnante batterie de brosses et de peignes. À bout de nerfs, elle ouvre un à un tous les placards, puis recommence la manœuvre en répandant convulsivement leur contenu sur le sol, mais l'appareil semble avoir bel et bien disparu. De toute façon, même si elle remet la main sur ce foutu séchoir, elle n'aura jamais le temps de se coiffer «à la lionne», la fameuse coupe de Farrah Fawcett récemment revenue au goût du jour grâce au personnage de Sue Ellen dans le feuilleton *Dallas*, et qui donne un air de fauve à celle qui la porte. L'opération exige au moins une dizaine de minutes et requiert une concentration maximale.

À huit heures vingt-neuf, elle enfile un vieux pantalon en Tergal et un corsage complètement passé de mode ayant appartenu à l'ancienne maîtresse de maison, tout en maudissant les ouvriers marocains qui rénovent l'appartement. Comment peuvent-ils nier avoir renversé un pot de peinture sur la malle en osier où elle avait entreposé ses vêtements le temps des travaux, et espérer qu'on les croie? Si elle tenait entre ses mains un de ces fichus incapables, elle le truciderait sur place!

À huit heures trente-deux, elle se regarde dans le miroir pour la première fois depuis qu'elle s'est levée et dresse un bilan amer du reflet qu'il lui renvoie : les traits tirés, le cheveu plat, des cernes violacés sous les yeux qui accentuent l'impression générale de fatigue, elle ressemble à une insomniaque chronique qui aurait inutilement abusé de narcotiques. Si le temps ne lui manquait pas si cruellement, une bonne séance de maquillage pourrait limiter les dégâts, mais le petit merdeux risquerait de ruer dans les brancards et elle préfère éviter un incident diplomatique. Gare toutefois s'il s'aventure à lui faire la moindre réflexion : il pourrait passer un sale quart d'heure !

Tandis que Gabrielle ouvre la porte de la cuisine, absorbée par ses ruminations mentales, elle aperçoit Melvil assis à table qui sirote un verre de jus d'orange pressé. Il lève la tête dans sa direction, semble au premier abord hésiter, comme surpris, puis finit par éclater de rire de manière outrancière.

— La ferme ! lui assène-t-elle sèchement. Je te préviens, je ne suis pas d'humeur à supporter tes sarcasmes.

— J'ai eu du mal à vous reconnaître sans votre… casque. Vous n'avez pas la même tête au naturel.

— Très spirituel ! Tu as vu l'heure ? Tu aurais pu me réveiller. Je suis très en retard.

— Comme d'habitude, non ? Vous êtes toujours en retard.

— Ce que tu peux m'exaspérer avec ton vouvoiement ! Tu ne veux pas changer de disque ? Je ne suis pas la marquise de Pompadour.

— Là-dessus, aucun doute ! se gondole-t-il en la balayant du regard de la tête aux pieds.

— Le réveil s'est encore déréglé à cause d'une panne de secteur, enchaîne-t-elle sans relever. C'est la troisième fois depuis le début de la semaine et j'en ai ras-le-bol. Ça devient insupportable ! Rappelle-moi d'en acheter un mécanique.

Pendant que Gabrielle se presse une orange, Melvil ne la quitte pas des yeux et arbore une expression sournoise.

— C'est sûrement de ma faute, lui confesse-t-il quand leurs regards se croisent enfin. J'ai fait sauter les plombs en laissant tomber un sèche-cheveux dans l'eau de la baignoire. Une petite expérience pour vérifier que le meurtre du dernier épisode de *Columbo* était crédible. Eh bien, figurez-vous que oui ! C'est presque un mode d'emploi…

— Mon sèche-cheveux ? Tu parles de mon sèche-cheveux ?

— Un vieux machin…

— Avec un manche en Bakélite ?

— Si vous le dites. Il traînait par terre dans la salle de bains de papa, juste à côté de la poubelle. J'ai cru que vous vouliez vous en débarrasser. Maintenant, il va marcher beaucoup moins bien, forcément.

— J'espère que tu plaisantes ?

— Mais surtout, ne vous inquiétez pas pour moi : je suis sain et sauf, alors que j'aurais très bien pu m'électrocuter. Et vous aussi, au passage ! J'avais pensé vous faire une blague en jetant l'appareil dans l'eau de votre bain. Vous voyez la scène : plouf ! Grillée comme du poulet, la Pompadour…

Gabrielle ingurgite son verre cul sec, puis, furibarde, se dirige de façon machinale vers la gazinière afin de faire chauffer du lait. Elle serre tellement fort les poings que ses faux ongles pénètrent douloureusement dans les paumes de ses mains. Pour se détendre, elle s'imagine donner à Melvil une fessée interminable qui le fasse hurler jusqu'à ce qu'il en perde définitivement l'usage de la voix – quel soulagement ! –, mais elle parvient à se contenir, car elle a promis à Jean-Baptiste de rester diplomate jusqu'à son retour de voyage d'affaires et elle tiendra parole, coûte que coûte. Elle ne peut toutefois s'empêcher de lâcher, dans un murmure :

— Quel petit con...

— Pardon ? lui demande-t-il, goguenard.

— Dépêche-toi, l'heure tourne ! se reprend-elle avec naturel.

— Mais voyons, nous sommes mercredi. Vous savez très bien que je n'ai pas classe aujourd'hui. Vous n'avez pas d'agenda ? Ça pourrait vous aider.

La jeune femme s'assied en face de Melvil, puis verse du café à ras bord dans son bol de lait fumant.

— J'avais complètement oublié! s'exclame-t-elle, ravie, en s'adossant à sa chaise. Au moins, je n'ai pas besoin de faire le détour par ton école. En me dépêchant, je vais pouvoir arriver à temps au bureau.

— Mais ce que je peux être bête! s'écrie Melvil, comme si une pensée venait subitement de lui traverser l'esprit. Je ne vous ai pas dit que votre rendez-vous de neuf heures a été annulé? Madame Raymond a cherché à vous joindre hier en début de soirée.

— Et tu ne me préviens que maintenant?

— Je suis désolé, ça m'est complètement sorti de la tête. Elle m'a demandé si elle devait le reporter demain à la même heure. Je lui ai répondu que le plus tôt serait sûrement le mieux. Elle est très gentille, la secrétaire de papa. Elle aussi, elle a remarqué que vous n'êtes pas très matinale. Elle m'a remercié pour le renseignement.

Gabrielle fixe le couteau servant à couper le pain. Elle se demande s'il est assez tranchant pour taillader la carotide d'un gnome de dix ans. Elle parvient néanmoins à conserver son calme en fermant les paupières, puis en avalant son café au lait à grosses gorgées, d'un seul trait. Elle prend ensuite une grande respiration et ouvre les yeux pour constater que Melvil la dévisage bizarrement.

— Quoi encore ? Tu veux ma photo ?

Elle pressent que le sale gosse vient de lui jouer un mauvais tour, mais avant même de pouvoir se faire une idée de ce que c'est, elle se lève de sa chaise, pousse une série de râles caverneux et, à trois reprises, semble sur le point de dégobiller sur le magnifique carrelage en damier que M. Paradis a fait récemment poser et qui a coûté une fortune.

— Un petit problème, Gabrielle ? Vous n'avez pas l'air dans votre assiette…

Entre deux haut-le-cœur, la malheureuse parvient à balbutier :

— Le lait… le lait a tourné…

— Il fallait s'y attendre ! triomphe Melvil. Vous ne remettez jamais la bouteille dans le frigo. Vous avez entendu parler de la brucellose ?

La jeune femme sait parfaitement que si elle sort de ses gonds, l'enfant niera toute responsabilité et aura beau jeu de se faire passer pour une petite victime sans défense sur qui l'on s'acharne méchamment. À ce jeu-là, il est imbattable. Voilà la raison pour laquelle elle s'évertue à garder son sang-froid et à retenir les larmes qui se forment au coin de ses yeux. Sinon, elle risquerait d'exploser et ce ne serait pas joli à voir.

— Je demanderai à ton père ton argent de poche jusqu'à pouvoir acheter un nouveau sèche-cheveux, lui signifie-t-elle le plus posément possible, malgré son envie évidente de le trucider. Je vais également exiger qu'il te donne une punition à la hauteur de tes bêtises. Tu nous as mis en danger. Tu aurais pu fiche le feu à l'appartement. Et à l'avenir, je souhaite que tu ne fouilles plus jamais dans mes affaires. J'espère que c'est clair !

Melvil regarde son apprentie belle-mère mettre les voiles. Malgré sa tirade finale, où elle a tenté de reprendre l'avantage, il sait qu'il vient de marquer des points. Manifestement, elle n'en peut déjà plus. S'il continue à la harceler quelques jours à ce rythme, elle va péter une durite plus vite que prévu. Il aurait vraiment aimé la voir quand l'eau chaude s'est arrêtée de couler. Il manque même de s'étouffer en avalant son pain, tant la scène qu'il imagine lui paraît cocasse. Il se ressert une tasse de thé, étale du beurre sur un toast grillé et prend tout son temps pour terminer son petit déjeuner, parce qu'il n'a pas la moindre envie de croiser de nouveau la mine ombrageuse de Gabrielle dans les couloirs.

Après avoir consciencieusement débarrassé la table puis empli le lave-vaisselle, il se dirige vers sa chambre en se réjouissant de pouvoir jouer à *Donkey Kong* toute la matinée. Synchroniser l'ascension de «l'homme sauteur» – le prédécesseur de Mario Bros. – requiert précision et patience, mais il devrait réussir à pulvériser son score car les péripéties avec sa presque belle-maman l'ont mis en condition, et même dans une humeur conquérante ! Il ouvre la porte et demeure immobile quelques secondes, le temps de digérer le spectacle qui se présente à lui : une bouteille de Coca-Cola a été renversée sur sa console Atari 2600 et sur toutes les cartouches de jeux, les rendant *a priori* inutilisables. Juste à côté, son matériel informatique semble avoir été miraculeusement préservé…

Bilan de la guerre éclair : match nul. Les combattants se sont mutuellement neutralisés. Melvil a découvert que l'ennemi apprend vite et qu'il sait détourner chaque point faible de son adversaire à son profit. À présent, il va devoir se tenir sur ses gardes. Les choses sérieuses viennent de commencer. La partie est enfin lancée. Et elle va pulser !

V

Le 11 mai 1983, après un tournage qui a éprouvé toute l'équipe du film en raison d'une chaleur caniculaire, Isabelle Adjani triomphe dans *L'Été meurtrier,* où elle incarne la sulfureuse « Elle », une jeune femme à la sensualité trouble et presque agressive, qui affole tous les hommes avec ses tenues trop courtes, son don pour la manipulation et ses brusques changements d'humeur. Avec ce rôle, elle devient l'une des actrices les plus portées aux nues du cinéma français, reconnue pour l'intensité dramatique de son jeu et son identification quasi organique aux personnages qu'elle interprète.

Vers midi, M. Paradis observe avec attention sa nouvelle compagne allongée sur le ventre, qui croise et décroise lentement ses jambes au-dessus de ses fesses ; ils ont déjà fait l'amour trois fois ce matin, ce qu'il considère comme une prouesse et flatte indéniablement son ego ; il lui sourit en sentant à nouveau le désir monter en lui. *À treize heures précises*, il lui tend un billet d'avion pour New York et remarque que ses yeux s'écarquillent et semblent retenir des larmes ; naturellement, il ignore qu'elle effectue cette routine depuis qu'elle est toute petite, car émouvoir les généreux donateurs constitue pour elle la meilleure façon de leur dire merci. *À treize heures une*, elle approche ses lèvres des siennes et lui suggère à nouveau d'inscrire son garçon pour l'été chez les scouts ; sans lui laisser le temps de répondre, elle l'embrasse avec fougue. *À treize heures trois*, quand il lui demande avec dépit si elle pense qu'il parviendra un jour à renouer le dialogue avec son fils, elle se love contre lui, lui mordille les tétons, avant de lui susurrer qu'il est un très bon père… un excellent compagnon… et bien entendu un merveilleux amant.

À treize heures cinq, Melvil ôte le casque de sa tête. Il n'a aucune envie de les écouter une nouvelle fois pousser tous ces gémissements grotesques. En démontant un appareil à cassettes, il a isolé son système d'enregistrement afin de le transformer en micro. Pas peu fier de son ingéniosité, il a envisagé de faire breveter son invention, voire de décrocher le premier prix du concours Lépine, avant de se rendre compte qu'il avait beau essayer tous les branchements possibles, aucun son autre que de la friture, et ténue de surcroît, ne parvenait à ses oreilles. C'est pourquoi, après avoir longuement tergiversé, il a dû mettre son orgueil de côté et se résoudre d'une part à commander du matériel d'écoute, dont il avait vu la publicité dans l'un des fameux magazines de son père, et d'autre part à lui subtiliser un carnet de chèques. Ce n'est qu'une fois le système installé sous le lit qu'il a pu apprendre, à distance et en temps réel, ce que fomentait contre lui cette lèche-bottes de Gabrielle, et accessoirement la manière dont elle s'y prenait pour arriver à ses fins.

— Je me suis renseignée, a-t-elle babillé entre deux ébats amoureux, l'air de rien. Chez les scouts, les camps d'été ne durent que deux semaines pour les enfants de son âge, parfois trois, mais jamais plus.

— Ce qui signifie que nous allons devoir amener Melvil avec nous ?

— Peut-être pas. On pourrait trouver une colonie de vacances en relais, ou bien l'inscrire à plusieurs séjours consécutifs.

— J'ai encore des doutes, mon amour. Tu le connais. Il risque de le prendre comme une punition.

— Ton fils a besoin d'expérimenter, de vivre une vie qui lui appartient !

— Je te l'accorde.

— Et de notre côté, un peu d'air nous ferait beaucoup de bien…

— Oui. Sûrement.

— Les derniers mois ont été éprouvants pour nous tous. J'aimerais passer du temps avec toi, en tête-à-tête. Je crois que j'en ai vraiment envie. Besoin, aussi.

— Tu as raison. Tout comme moi d'ailleurs.

— Alors, qu'est-ce qui te retient ?

— J'avoue que c'est tentant… Laisse-moi y réfléchir encore un peu.

— Bien sûr ! Il n'y a pas d'urgence. Mais se rencarder n'engage à rien. D'autant plus que je peux m'en charger. Tu pourras te décider plus tard.

— J'aime bien quand tu prends les choses en main.

— Tu veux que je m'occupe de tout ? Vraiment tout ?

— Je ne sais pas. Montre-moi…

À la réflexion, Melvil pense qu'il a bien fait de contrefaire la signature de son paternel, même s'il a hésité face à la perspective de se faire attraper et d'en payer les conséquences au prix fort. Jamais il n'aurait pu imaginer que la détermination de son adversaire la conduise à user de ses charmes avec autant de persuasion. Manifestement, il a sous-estimé son pouvoir de nuisance. Du reste, il demeure ébahi par la puissance de ses vocalises. Devant l'effet qu'elles produisent sur son partenaire, qui à son tour se met peu à peu à bramer comme un cerf au fond des bois, sa maman aurait très certainement suspecté une tentative d'envoûtement, ou pire encore, un phénomène de possession. Quoique sur le pied de guerre, il ne peut s'empêcher de se marrer en songeant au rituel de purification auquel elle l'aurait soumis afin de le libérer des griffes de la vilaine sorcière : projection d'urine, de crachats, et torrents d'insultes. Elle ne manquait pas de ressources… En ce qui concerne Gabrielle, Melvil pencherait quant à lui pour une régénération à l'acide.

En attendant de parvenir à déjouer les plans ennemis, il sait à présent qu'il doit lancer au plus vite une contre-offensive d'envergure et reprendre la main dare-dare. Sinon, sa rivale, ce boudin flasque et tout en seins, ne l'aura pas seulement écarté sans rencontrer de résistance digne de ce nom, elle l'aura battu à plate couture. Pire : humilié. Écrabouillé comme un vulgaire moucheron. Réduit à néant. À ce stade, la mort lui semblerait une option assurément plus douce.

Si le recueil de renseignements présente aux yeux de Melvil un intérêt stratégique évident – celui de pouvoir anticiper les coups et mieux se défendre –, il doit reconnaître que la pratique de l'espionnage lui a donné des montées d'adrénaline dont il n'aurait pas soupçonné l'intensité.

Il remercierait presque Gabrielle de l'avoir inspiré en lui offrant l'agent 004, ce Big Jim qu'il a posé sur son oreiller en guise de poupée vaudou, après l'avoir impitoyablement martyrisé-émasculé en le faisant fondre à la flamme d'un briquet. Malgré le danger encouru – celui d'être démasqué puis battu, soumis à la torture et par-dessus tout privé de dîner –, s'exercer en conditions réelles à l'art discret de la surveillance lui a procuré des sensations fortes, absolument vertigineuses, dont il aurait du mal à se passer maintenant qu'il y a goûté.

Dans son palmarès des métiers susceptibles plus tard de l'intéresser et dans lesquels il ne doute pas pouvoir exceller, celui d'agent secret rejoint les premières places du podium, en concurrence avec chercheur en physique nucléaire et plus grand voleur de tous les temps, devant Arsène Lupin et Robin des Bois.

VI

Le 30 avril 1669, une cinquantaine d'habitants de la cité de Catane, en Sicile, couverts de peaux de bêtes imbibées d'eau, percèrent à l'aide de pioches et de pelles la paroi solidifiée d'un bras de lave, lors de l'éruption qui demeure à ce jour la plus dévastatrice que l'Etna ait connue et qui avait déjà réduit en cendres plus de dix villages en amont. L'une des toutes premières tentatives documentées de détournement de la matière en fusion par l'homme échoua néanmoins, quand ces courageux volontaires furent chassés par une foule en colère lourdement armée en provenance de la ville voisine de Paterno, car celle-ci se trouvait menacée à son tour par la nouvelle direction de l'écoulement. Les lois italiennes qui résultèrent de cette rixe fratricide et qui interdisaient de dérouter artificiellement les flux d'origine volcanique furent appliquées durant plus de trois siècles.

Elles ne prirent fin qu'en 1983, au cours d'une phase d'intense activité éruptive, lorsque le gouvernement de la péninsule autorisa une opération d'envergure afin de protéger de la destruction les zones urbaines densément peuplées de la plus grande île de Méditerranée.

C'est donc à *quatre heures neuf du matin, le samedi 14 mai 1983,* que près de trois cent quatre-vingt-dix kilos d'explosits ouvrent une brèche le long d'une coulée de lave du fameux volcan sicilien et en dévient en partie le flot dans un chenal aménagé à cet effet. Cette opération constitue une véritable prouesse technique, qui nécessite le déplacement de sept cents millions de mètres cubes de roches en moins de deux mois pour un coût pharaonique estimé à trente-cinq millions de francs…

— Tu prétends que cette nuit, les Italiens ont réussi à détourner la lave de l'Etna ? Rien que ça ?

— Oui papa.

— Et aucun journal, aucune radio n'en auraient parlé ce matin ?

— Il faut croire que non. Ils ont du retard à l'allumage.

Ce n'est pas tant la parole de Melvil que son père paraît mettre en doute, ni son érudition à laquelle il finit par s'habituer, mais il s'interroge sur la rapidité à laquelle les informations lui sont parvenues avant tout le monde, y compris les grands médias qui d'habitude se montrent friands de ce genre de prouesses techniques. L'Homme qui domine à ce point la nature, la nouvelle devrait faire les gros titres…

Neuf heures trente après la détonation, à deux ou trois minutes près, la voiture de Jean-Baptiste Paradis se faufile dans un parking en périphérie, qui pourrait sembler désaffecté si quelques véhicules n'y stationnaient çà et là, en dépit de la chaussée défoncée et des touffes de mauvaises herbes qui l'envahissent par endroits.

— Tu es sûr que nous sommes à la bonne adresse ? J'aurais peut-être dû sortir à la bretelle précédente.

— Certain !

L'entrepôt dans lequel Melvil et son père pénètrent par une porte qu'il faut forcer avec l'épaule pour réussir à se glisser à l'intérieur, ne paie pas de mine, avec sa devanture à la peinture défraîchie et son enseigne en néon qui clignote de manière furtive, comme à bout de force. Mais une fois l'entrée franchie, le spectacle qui s'offre aux visiteurs est époustouflant, y compris pour ceux ne se passionnant guère pour l'électronique. Des tonnes de matériel dernier cri, en provenance directe des pays du sud-est asiatique et introuvables ailleurs, s'y accumulent à perte de vue, dans un désordre apparent donnant l'impression que l'on s'est perdus dans un vaisseau spatial ou un roman d'anticipation. Jean-Baptiste se sent déconcerté, presque largué lorsque son garçon commence à arpenter les linéaires, tel un poisson dans l'eau, et à s'enthousiasmer pour des instruments dont l'intérêt, en ce qui le concerne, demeure obscur, du moins hors de portée de sa compréhension. Intuitivement, il devine que quelque chose est en train de se passer, qu'une ère nouvelle va bientôt s'ouvrir, bien qu'il en discerne encore mal les contours et que cette perspective reste assez abstraite dans son esprit. S'il n'avait pas déjà entendu cette petite musique à une autre époque, il pourrait croire qu'il s'agit bien cette fois-ci d'une révolution qui va bouleverser le monde et la vie. En observant l'état de surexcitation dans lequel se trouve son fils, il se rend compte que la génération suivante pourrait débarquer la sienne plus vite que prévu en la rendant d'une certaine façon obsolète.

— Voici l'onduleur dont je t'ai parlé! exulte Melvil. C'est un système d'alimentation électrique sans interruption, indispensable pour éviter la perte de données.

— Et à quoi ça sert, au juste?

— En cas de microcoupures de courant ou de variation de tension, les appareils ne s'abîment pas et fonctionnent normalement.

— Trois mille deux cents francs! Tu ne crois pas que tu abuses?

— Pas du tout ! Tu répètes à longueur de temps qu'il faut investir et parier sur l'avenir.

— Et je suppose que dans ton esprit, l'avenir, c'est toi ?

— Voilà !

— Tu sais que tu commences à me coûter sacrément cher…

Jean-Baptiste semble ravi du sourire radieux que lui adresse un Melvil aux anges d'avoir emporté le morceau aussi facilement, sans avoir à batailler comme à son habitude. « Bien joué ! », se réjouit-il, jugeant l'instant opportun pour entamer une conversation qu'il redoute un peu :

— Je t'ai dit que je pars à New York début juillet ? Pour un mois, environ. Sans doute plus.

— Alors c'est confirmé ? Tu as signé le contrat ? Tu vas vraiment aménager un *penthouse* à Manhattan ?

— Restent quelques détails à régler, mais c'est en bonne voie.

— J'espère qu'on va prendre le Concorde ! J'en rêve depuis si longtemps. Tu sais qu'il vole à Mach 2,02, c'est-à-dire à plus de deux mille kilomètres-heure ? Il faut près de trois heures trente pour effectuer la traversée et huit heures autrement…

— Sur place, je vais avoir beaucoup de travail, l'interrompt son père, manifestement gêné aux entournures. Trop pour m'occuper de toi comme je le voudrais. Je pense plutôt t'envoyer chez les scouts cet été.

Le visage de l'enfant se raidit pour se figer en une expression courroucée. Il fixe son géniteur d'un regard noir, avant de s'écrier :

— Si Gabrielle a tellement envie de jouer aux Castors Juniors, tu peux l'inscrire à ma place ! Dormir en plein air et se laver avec l'eau d'une gourde lui donneraient peut-être des airs moins pimbêche.

— Tu es vraiment dur avec elle ! C'est moi qui en ai eu l'idée le premier.

— Et elle n'a fait qu'approuver ?

— Exactement !

— Tu es sûr qu'elle ne te l'a pas suggéré sur l'oreiller ?

M. Paradis paraît stupéfait par la répartie cinglante de son fils, qui une fois de plus sait viser juste et s'exprime sans le moindre filtre. Dès qu'ils évoquent ensemble la jeune femme, le gosse se montre d'une telle impertinence que la discussion tourne court rapidement.

— D'où peuvent te venir des idées aussi déplacées ? À ton âge ?

— Je n'ai peut-être que dix ans, mais j'ai des yeux pour voir et des oreilles pour entendre. Toi et ton associé, vous perdez la tête devant Gabrielle. Dès qu'elle vous regarde la bouche en cœur, vous ne pensez plus avec votre cerveau.

— Tu restes poli, Melvil ! Et surtout tu laisses Stéphane en dehors de cette histoire. Il n'a rien à voir là-dedans !

— Si tu le dis… À ta place, je me méfierais quand même.

— J'imagine que c'est ta mère qui t'a bourré le crâne d'obscénités.

— Arrête de tout mettre sur le dos de maman ! Ses cellules grises ne fonctionnent pas normalement. Les miennes, si.

— Crois-moi : il y a certaines choses que tu comprendras mieux en grandissant.

— Comme quoi ? Pas besoin d'attendre ! Il ne faut pas être bien futé pour lire clair dans le jeu de ta Gabrielle.

— Mais pourquoi lui en veux-tu autant ? Elle essaie d'être gentille avec toi pourtant ! Combien de fois dois-je te répéter qu'elle ne vient pas prendre la place de ta mère ? Tu sais bien que si elle n'avait pas été si malade, nous nous serions séparés depuis longtemps. Il me semble que nous en avons déjà parlé tous les deux à de nombreuses reprises.

— Et que va devenir maman quand elle va sortir de l'hôpital ?

— Les médecins m'ont prévenu que son état pourrait ne pas s'améliorer de si tôt.

— Mais si ça arrive ?

— Dans ce cas, il sera toujours temps d'y

penser. Elle louera un appartement et elle cherchera du travail, comme tout le monde. Si elle a du mal au début, je pourrais l'aider financièrement…

— Gabrielle n'a pas l'âge d'être ma belle-mère, cingle Melvil, elle pourrait être ma sœur! Et toi, tu peux changer de coiffure ou acheter autant de chemises bariolées que tu veux, tu as du ventre, tu perds tes cheveux et tu es vieux! Tu te rends compte que tout le monde se fiche de toi? Et que tu me fous la honte?

— Peut-être, mais ça me regarde! Et tu devras faire avec, que cela te plaise ou non!

Le visage renfrogné, Melvil tourne sèchement le dos à son père et, d'un pas décidé, prend la direction de l'allée principale du magasin. Jean-Baptiste est tellement déconcerté par le ressentiment de son fils qu'il l'observe s'éloigner avec la plus totale incompréhension. Il redoutait que la tentative de dialogue tourne court. Il ne pensait pas qu'elle allait virer au pugilat.

— Tu n'avais jamais eu à te plaindre de ta secrétaire avant la semaine dernière, se ravise l'enfant en revenant sur ses pas, et pourtant tu l'as renvoyée du jour au lendemain. Je me demande bien pourquoi. Certainement pas parce qu'elle travaillait mal, tu as toujours dit que tu ne pouvais pas rêver mieux, mais plutôt parce que Gabrielle ne pouvait pas la voir en peinture et qu'elle a réussi à te monter contre elle.

— Et c'est reparti comme en quatorze !

— Elle fait de toi ce qu'elle veut. Elle te manipule. Elle cherche même à nous séparer, parce que je me mets en travers de son chemin et qu'elle désire t'avoir rien que pour elle. Et toi, tu te laisses mener par le bout du nez !

— Ce que tu peux être insolent ! Un peu trop à mon goût.

— C'est une vraie sangsue, un ténia, un parasite. Je la hais !

— Raison de plus pour vous tenir à distance l'un de l'autre pendant les grandes vacances !

Melvil paraît interloqué par la sentence que vient de porter son père, une décision sans appel, qu'il juge impossible à retourner. Il en reste bouche bée et semble accuser le coup.

— Dans ce cas, balbutie-t-il avec un filet de voix à peine perceptible, pourquoi c'est elle qui part avec toi et pas moi ? Après tout, je n'ai que dix ans. Je suis ton fils. Tu dois prendre soin de moi.

— Arrête, Melvil ! Tu ne m'auras pas aux sentiments.

— Et si je fais une fugue, tu seras bien obligé de l'annuler, ton voyage à New York !

— N'importe quoi…

— Ou si je me coupe les veines ?

— Des menaces à présent ? De mieux en mieux !

— Je n'irai pas chez les scouts. Tu entends ? Jamais !

— Je ne crois pas t'avoir dit que tu avais le choix.

— JAMAIS ! mugit l'enfant, les yeux embués de larmes.

Et, sollicitant davantage ses cordes vocales :

— Tu es nul comme papa ! Tu ne t'occupes jamais de moi ! Je te déteste !

Puis, prenant les jambes à son cou, il s'égosille :

— Au secours ! Il va encore me taper dessus ! Au secours ! Au secours !

En jetant un rapide coup d'œil circulaire, M. Paradis croise deux ou trois regards qu'il juge désapprobateurs et il se retient de leur montrer de quel bois il se chauffe. Pour qui ces gens le prennent-ils ? Pour un tortionnaire ? Il est sidéré par les proportions ahurissantes qu'a revêtues la discussion et par ce grabuge qu'il n'a pu contrecarrer, ni même vu venir. Il s'était pourtant promis de ne s'emporter sous aucun prétexte, mais les provocations de Melvil rendent ce genre de résolutions intenables. Et le pire reste à craindre, puisque le court instant qui lui a été nécessaire pour reprendre ses esprits a permis au gosse de filer loin. Quelle guigne ! Il aurait dû réagir tout de suite et l'empêcher de se carapater comme un voleur. Connaissant le tempérament entêté de sa progéniture, il va devoir remuer ciel et terre s'il veut rapidement remettre la main dessus et cette perspective lui hérisse le poil. Comme si reporter un rendez-vous professionnel super important pour satisfaire aux exigences de ce sale gamin pourri gâté ne suffisait pas, il lui faut à présent attendre que celui-ci se résolve à montrer le bout de son nez, ce qui risque de lui faire perdre un temps précieux et l'obliger à travailler très tard dans la soirée, voire une bonne partie de la nuit! Que les dossiers s'accumulent sur son bureau passe évidemment au-dessus de la tête de ce tyran en culotte courte, qui s'imagine que le monde tourne autour de sa petite personne! Force est de constater que Gabrielle a raison quand elle affirme qu'il va falloir reprendre son éducation de A à Z, en commençant par lui inculquer un minimum de respect face à l'autorité.

— C'est vraiment la merde! s'étrangle-t-il à voix haute.

Même s'il ne se berce pas trop d'illusions, M. Paradis décide de passer le bâtiment au crible, convaincu qu'il n'a guère d'autre choix. Il interroge les vendeurs, qui naturellement n'ont rien vu; il s'attarde par acquit de conscience avec quelques clients, dont certains se montrent compatissants et d'autres beaucoup moins; mais il finit par renoncer à pousser ses investigations plus avant.

Le fugitif lui paraît trop futé pour se laisser prendre à son corps défendant. Et puis, furieux comme il était, il a tout aussi bien pu se précipiter à l'extérieur et se planquer, ou pire encore, s'égarer, sans se préoccuper une seule seconde des conséquences de son emportement.

— Qu'il profite de ses derniers moments de liberté, rumine M. Paradis. Il ne perd rien pour attendre. Les semaines à venir vont lui paraître bien longues…

La pluie qui suinte des nuages bas, comme un crachin normand, et la température plutôt glaciale pour la saison soulignent à quel point il fait chaud à l'intérieur du bâtiment, une vraie fournaise, sans doute à cause du matériel de démonstration qui y fonctionne en permanence. En franchissant le seuil du magasin, Jean-Baptiste marque un temps d'arrêt, revigoré par l'air frais. Il s'en remplit les poumons et reprend sa recherche à marche forcée, quelques mètres seulement, quelques dizaines peut-être, avant de s'immobiliser de nouveau, comme désabusé. Le parking, qui dans sa mémoire avait l'air presque désert quand il s'y est garé, s'est empli à une vitesse impressionnante ; ce qui à la réflexion ne paraît pas si étonnant puisqu'il jouxte un hypermarché Mammouth et que le samedi constitue le moment privilégié pour les courses en famille, mais ce qui le plonge dans la consternation. À moins d'un heureux hasard, il semble dorénavant inutile d'espérer un retour rapide du fils prodigue, car il peut se planquer à peu près n'importe où. Dans ces conditions, que faire hormis poireauter dans la voiture et prendre sagement son mal en patience, en priant pour que son crétin de mouflet sache retrouver son chemin par lui-même et ne fasse pas de mauvaise rencontre? Décidément, il y a des claques qui se perdent!

Contre toute attente, Melvil se tient debout, adossé à la porte passager de la Renault 5, ce vestige de la vie d'avant, le bon vieux temps, lorsque, plus petit, il venait avec ses deux parents remplir le caddie de la semaine. Le regard dans le vide, il semble noyé dans ses pensées, comme accablé de tristesse. Dès qu'il aperçoit son père cependant, il lui décoche un grand sourire et se précipite dans sa direction pour se jeter à son cou.

— Papa, bredouille-t-il, remué de sanglots. Papa...

En premier lieu décontenancé par cette démonstration d'affection à laquelle il n'est pas habitué, Jean-Baptiste paraît hésiter sur la façon de réagir. Il se raidit un peu, sans pour autant repousser son fils, avant de l'étreindre à son tour, d'abord mollement, plus par mimétisme que par conviction, puis de plus en plus fort à mesure qu'il se laisse gagner à son tour par l'émotion, de plus en plus vigoureusement, jusqu'à lui faire mal ou presque. Le désarroi de Melvil lui apparaît tout à coup si palpable qu'il s'en trouve désarmé. Pour la première fois depuis longtemps, peut-être la première fois tout court, il se sent conforté dans son statut de papa, lui qui se pose des tas de questions sur les sentiments que le gamin lui porte, en particulier depuis qu'il l'a privé de sa mère; lui qui doute également de sa capacité à bien s'occuper de lui, alors qu'il doit maintenant prendre seul toutes les décisions le concernant. Malgré ses airs de gros dur, son intelligence au-delà de la norme qui amène trop souvent à le tenir pour plus grand qu'il n'est en réalité, malgré la distance qu'il impose et l'impression qu'il donne qu'il faut le mériter, Melvil lui paraît soudain être un enfant comme les autres qui, à l'instar de n'importe quel gosse de son âge, a besoin d'être soutenu et rassuré. En un mot, protégé. En le serrant à la limite de l'étouffer, Jean-Baptiste ressent la chaleur de son petit corps qui irradie contre lui; il discerne l'odeur de sa peau, celle du savon de Marseille qui se mêle à celle plus âpre de la transpiration et qui lui rappelle les bagarres dans la cour de l'école primaire; il croit distinguer le battement rapide de son cœur, ébranlé par une émotion trop vive.

— Chut… lui murmure-t-il à plusieurs reprises, comme si, en s'imprégnant ainsi l'un de l'autre, ils pouvaient réussir à se passer de mots. Chut…

Pour seule réponse, le gamin se met à pleurer de plus belle.

— Allons, calme-toi, insiste son père en le berçant doucement.

— Je n'y arrive pas! gémit Melvil, avant de se répandre de nouveau en sanglots.

M. Paradis repose son fils à terre, parce que le gosse est devenu lourd en grandissant, et qu'il commence à avoir mal aux bras.

— Ne me dis pas que c'est à cause des scouts que tu te mets dans cet état? lui demande-t-il sur un ton volontairement apaisant. Un garçon costaud comme toi!

— Maman me manque. Tu travailles tout le temps. Je suis toujours seul. Je veux rester avec toi cet été.

— Tu passerais pourtant de bonnes vacances avec des enfants de ton âge.

— C'est ce que pense l'autre siphonnée. Pas moi.

— Tu ne vas pas recommencer…

Jean-Baptiste pose un genou à terre, pour se mettre à la hauteur de Melvil, et glisse la main sur son épaule.

— Si tu fais des efforts avec Gabrielle, je suis certain que vous parviendrez à vous entendre un peu mieux. Si tu ne le fais pas pour elle, fais-le au moins pour moi. Tu ne peux pas me demander de choisir entre toi et la femme que j'aime. J'imagine que tu es suffisamment grand pour comprendre.

Il s'interrompt pour essuyer les larmes de son fils avec le pouce. En retour, ce dernier lui sourit timidement.

— Tu veux bien essayer ?

Tous deux échangent un long regard silencieux, où chacun paraît jauger les intentions de l'autre. Et sans que rien ne l'ait laissé présager, de façon impromptue, ils partent ensemble d'un énorme éclat de rire. Un fou rire inextinguible. Libérateur. Comme si les rancunes accumulées avaient besoin d'être évacuées dans un élan de bonne humeur ; la colère, comme les mauvaises pensées, dissoute dans un moment complice.

— Allez viens, enchaîne Jean-Baptiste, manifestement rasséréné. Monte dans la voiture ! On rentre à la maison.

— Et tu oublies les camps de vacances ? s'enquiert l'enfant, dont l'inquiétude paraît resurgir.

— Tu as gagné, concède son père, après avoir brièvement hésité mais seulement pour la forme.

Bilan de la guerre de position, de la guerre d'usure : match nul. Les adversaires se sont mutuellement neutralisés. « Génial, le coup des pleurs et des bons sentiments ! », exulte Melvil en s'y reprenant à deux fois pour claquer la portière, vu qu'elle ferme toujours aussi mal et qu'elle risque de s'ouvrir en marche. Il a mis plusieurs jours pour apprendre à chialer sur commande, mais ses efforts n'ont pas été vains. Il ne pouvait pas se rater cette fois-ci, il fallait sortir le grand jeu. C'est pourquoi il a donné le meilleur de lui-même en effectuant une prestation qu'il a trouvé éblouissante. Et tellement grisante. Quant à la réaction de son père, elle dépasse toutes ses espérances. Melvil ressent un mélange d'excitation et de plénitude, à peine troublé par un léger serrement au cœur. Il ne sait pas pourquoi, mais à chaque fois qu'il pense aux gris-gris de sa maman, il a envie de rire. Puis les larmes commencent à couler toutes seules. Des larmes de rire, en quelque sorte…

Plus tard en viendront d'autres, sûrement plus amères. Mais en attendant, Gabrielle Darley n'a qu'à bien se tenir. Elle a cru pouvoir se débarrasser de Melvil en chaloupant simplement des hanches tout en lui plantant un couteau dans le dos. Il va lui faire payer ses vilaines manières. Cher. Très cher. Même s'il ignore encore comment.

VII

Le 21 juin 1983, jour le plus long de l'année, celui du solstice d'été, a lieu la seconde fête de la Musique qui connaît un franc succès. Initiée en 1981 par l'éphémère ministère du Temps libre pour célébrer l'élection de François Mitterrand à la présidence de la République et lancée officiellement l'année suivante par Jack Lang, alors tonitruant ministre de la Culture et incarnation par la suite d'une certaine gauche qui aurait troqué ses idéaux de transformation sociale contre une inclination immodérée pour les œufs d'esturgeon, elle deviendra au fil du temps une manifestation de plus en plus populaire, devançant même dans le cœur des Français les commémorations révolutionnaires du 14 Juillet. Quoique, pour certains esprits chagrins, elle ait dès le début ressemblé à une gigantesque fête à la saucisse et à la frite. Tandis qu'Antenne 2, l'une des trois chaînes nationales

de télévision, prévoit d'émettre exceptionnelle-
ment jusqu'à cinq heures du matin afin de diffuser
la Nuit du Rock – avec au programme un concert
du groupe Téléphone, suivi d'une fiction délirante
consacrée aux Beatles, le *Magical Mystery Tour*,
réalisée seize ans plus tôt pour la BBC et encore
inédite dans l'Hexagone –, des dizaines de milliers
de spectateurs déambulent d'une scène improvi-
sée à une autre dans une ambiance bon enfant,
bravant une pluie pourtant persistante.

Dès vingt heures commence le défilé des
invités à la réception que Jean-Baptiste Paradis
organise pour fêter la fin des travaux de son
appartement, un prétexte pour réunir et remercier
ses clients et principaux partenaires, et accessoirement une occasion de montrer à tous son
éclatante réussite ; toute la journée, il a regardé
avec anxiété le ciel en souhaitant que la météo
devienne plus clémente, bien que renoncer à
inaugurer sa terrasse sur le toit ne lui ait jamais
semblé une hypothèse envisageable, à moins de
pousser les murs afin de pouvoir accueillir tous les
convives et d'annuler la prestation du disc-jockey
qui doit faire danser les plus téméraires jusqu'au
bout de la nuit.

— DJ ! Tu utilises le terme DJ surtout ! l'a
sermonné Gabrielle à plusieurs reprises. Sinon on
pensera que tu es né avant la Première Guerre

mondiale. Et tu n'organises pas une pendaison de crémaillère avec des chips et des cacahouètes. Alors, tu ne tombes pas la veste.

Peu habitué aux mondanités, M. Paradis craint n'avoir pas suffisamment de champagne en réserve et se demande s'il n'a pas trop mégoté sur la qualité du buffet. Comme il le redoutait, les chaussures vernies qu'il a achetées pour l'occasion lui font atrocement mal aux pieds.

Depuis quelques minutes, Melvil se déplace de convive en convive avec un plateau de toasts à la main ; tout sourire, il tend à Gabrielle une coupe en fixant de façon éhontée son fourreau qui la boudine un peu ; puis il s'éloigne en se dandinant sur l'air de *Let's Dance* que David Bowie chante avec nonchalance en fond sonore. *À vingt heures dix-huit,* il apprend à Stéphane Courbon, l'associé de son père, qu'il envisage de vendre son matériel informatique, parce qu'il souhaite passer plus de temps à affiner ses stratégies en vue de devenir un grand maître aux échecs ; sa future belle-maman blanchit sous son savant maquillage ; au regard surexcité du gamin, elle comprend qu'elle risque sous peu de perdre un excellent moyen d'intimidation.

À vingt heures vingt-trois, l'hôtesse de maison explique à un invité, qui la trouve de toute évidence à son goût, que Melvil semble très perturbé par l'internement de sa mère en hôpital psychiatrique; elle confie ses craintes concernant le caractère potentiellement héréditaire de la maladie; juste derrière elle, l'enfant réplique que son papa a toujours aimé les femmes instables.

— Un problème, ma chérie? s'enquiert Jean-Baptiste, attentif à prévenir tout conflit.

— Rien d'inhabituel, la routine, temporise-t-elle, de façon à ne pas apparaître trop hostile à l'égard du morpion. Ta descendance semble particulièrement de bonne humeur, aujourd'hui. Il joue à l'apprenti garçon de café.

— Je m'en suis rendu compte. Je lui ai demandé de me rendre un service et figure-toi qu'il a accepté sans rechigner! Une première.

— Ce serait presque suspect…

— Allons, ne vois pas le mal partout. Reconnais qu'il a fait des efforts dernièrement. Je reste confiant. Avec le temps, les choses vont finir par s'arranger.

Tandis que son compagnon s'éloigne pour aller saluer un important commanditaire, Gabrielle aperçoit Melvil qui se dirige vers lui avec deux verres dans une main et une bouteille de Jack Daniel's dans l'autre. Elle se déplace sur le côté pour le laisser passer, mais avance un escarpin tout en regardant ailleurs, de façon à lui barrer subrepticement le chemin. Elle vient de comprendre que le sale garnement a ajouté du sel à son champagne. Sans prendre garde à l'obstacle sur sa route, celui-ci trébuche et, emporté par son élan, tombe en avant.

— Mon Dieu, fais attention où tu mets les pieds ! lui reproche-t-elle avec véhémence en se frottant la cheville. Tu m'as fait mal.

Puis elle renchérit vers l'assemblée :

— Cet enfant est parfois si maladroit…

Afin d'éviter que la situation ne dégénère, M. Paradis décide d'intervenir immédiatement. Il tend une main à son fils, que ce dernier repousse d'un geste de mauvaise humeur manifeste.

— Fais attention, insiste néanmoins Jean-Baptiste. Il y a des bris de verre un peu partout. Tu risques de te couper.

— Mais voyons mon chéri, c'est un grand à présent. Il peut se débrouiller seul, soutient Gabrielle avec une once de perfidie.

Par esprit de contradiction, Melvil se ravise et sollicite l'aide de son père pour se relever. La jeune femme pousse un soupir appuyé, de manière sans doute à rappeler que c'est elle qui a été bousculée et dont on devrait prendre soin. « Quelle comédienne ! », fulmine le garçon intérieurement, alors qu'il ne pense déjà plus qu'au meilleur moyen de se venger. Tout juste remis sur pied, il écrase un tesson sous sa chaussure et manque de perdre à nouveau l'équilibre. Dépité, il s'agenouille afin de ramasser les débris autour de lui, mais Gabrielle s'interpose physiquement pour l'en empêcher.

— Tu as assez fait de dégâts pour au-jourd'hui, décrète-t-elle sur un ton martial. File! Je vais m'en occuper.

Melvil sent la moutarde lui monter au nez, une moutarde de type extra-forte. Il semble obtempé-rer en se décalant sur le côté. Mais, mû par une colère implacable, il s'empare d'un seau à glace qu'il a repéré à portée de sa main et, sans que per-sonne ait le temps de s'y opposer, sans montrer la moindre hésitation non plus, en jette le contenu à la figure de Gabrielle dans un grand splash! Stupeur, choc thermique : la jeune femme pousse un cri tonitruant! Puis elle demeure tétanisée, comme incapable de comprendre ce qui vient de lui arriver. Devant le spectacle de leur hôtesse ruisselante, un silence écrasant se répand dans l'assistance, bien vite suivi d'un concert de chuchotements.

— Elle a fait exprès de me faire tomber! s'époumone l'enfant avec une telle hargne qu'elle trahit sa haine.

Passé l'effet de surprise, Gabrielle pose sur lui un regard d'une férocité tout aussi inouïe.

— Elle a fait exprès! répète-t-il en la défiant d'un sourire arrogant.

— Petit dégénéré! mugit-elle. Tu es bien comme ta mère…

À peine finit-elle de prononcer ces mots que, d'un revers de la main, elle lui assène au visage une gifle retentissante. Le diamant de 5,13 carats, que M. Paradis lui a glissé au doigt la semaine dernière, laisse une ecchymose violacée sur la joue du gamin.

— De cette façon, tu te souviendras de moi! lui signifie-t-elle, les yeux révulsés par le ressentiment. Tu sauras qu'il ne faut pas trop me chercher!

D'abord étourdi par la mornifle qu'il vient de recevoir, car Gabrielle n'a pas retenu son coup, Melvil porte de façon machinale la main à sa toute première blessure de guerre. Il croit sentir du bout des doigts une entaille assez profonde, qui lui donne l'impression de saigner. Un ou deux centimètres plus haut et il perdait sans doute l'usage d'un œil. Malgré la douleur pourtant vive, il regarde son ennemie avec un calme que chacun juge ahurissant. Il a réussi à la faire sortir de ses gonds et c'est, dans son esprit, la seule chose qui importe.

— Votre vrai visage! exulte-t-il, anesthésié par la colère. Enfin!

Et subitement, en poussant un grognement de fauve à s'en déchirer les cordes vocales, il se jette tête la première contre elle. Le choc frontal envoie valser les deux belligérants à terre. En un geste réflexe, Gabrielle saisit une poignée de cheveux à l'arrière du crâne de Melvil et tire vigoureusement dessus. Maintenu avec force à bonne distance, immobilisé sous peine de se voir arracher le scalp, il parvient cependant à lui flanquer son genou dans le ventre, ce qui lui coupe le souffle et la fait lâcher prise. Folle de rage, la jeune femme lui balance un nouvel uppercut, qu'il encaisse sans pouvoir réprimer un râle fugace. Malgré sa petite taille, il ne se laisse pas démonter et réplique en la matraquant convulsivement avec les poings et les pieds. Débordée par ce déluge de coups, elle le ceinture avec les bras, s'enroule autour de lui et l'écrase de tout son poids, tandis qu'il essaie en vain de se soustraire à son étreinte. En lui coupant la respiration, en le serrant de plus en plus fort, elle aurait pu faire flancher son agresseur si celui-ci n'avait pas eu la présence d'esprit de la mordre à pleines dents, comme un chien enragé cherchant à déchiqueter les chairs de sa proie avant même de l'avoir occise. En rétorsion, Melvil se prend son coude en pleine tronche. Bien que la vue du sang, qui se met à pisser de son nez et dégouline sur sa chemise, vienne l'étourdir, son goût salé réveille aussitôt en lui des instincts si primitifs, si belliqueux qu'il redouble de sauvagerie ; ce qui n'impressionne guère son adversaire et à quoi elle répond par toujours plus de fureur.

M. Paradis et son associé ont beau s'interposer, la jeune femme et l'enfant semblent vouloir s'étriper jusqu'à ce que mort s'ensuive. Trois mois de chasse ont excité les deux prédateurs, qui peuvent enfin libérer leur animosité, décharger toute leur rancœur. La force des deux hommes suffit à peine à les séparer. À deux reprises, alors qu'on les croyait maîtrisés, enserrés par des bras bien plus robustes que les leurs, les combattants trouvent assez de vigueur pour se délivrer et repartir s'entretuer…

— ASSEZ ! explose M. Paradis, dans un éclat de voix qui résonne comme une déflagration.

Son cri d'indignation, un rugissement, fait l'effet d'un électrochoc sur les deux adversaires, qui se figent d'un coup, comme ramenés brutalement à la réalité, extirpés de leur bulle guerrière. Détourner un instant leur attention a-t-il sapé ce qui leur restait de vitalité ? Sentent-ils la désapprobation générale autour d'eux ? Leurs nerfs ont-ils été mis à trop rude épreuve ? Toujours est-il que, à bout de souffle, exténués, ils semblent l'un et l'autre comprendre qu'ils ne peuvent que rendre les armes.

Un ange passe. Silence de mort. Le constat est sans appel : la soirée organisée par M. Paradis a viré au fiasco le plus complet, bien qu'il ne veuille rien laisser paraître de sa déception afin de ne pas sombrer encore plus dans le ridicule. Le visage impassible, il observe toutefois l'étendue des dégâts avec consternation. De nombreux invités se sont massés autour d'eux et ne perdent rien du spectacle qui risque de ruiner sa réputation à jamais.

Avec sa bouille tuméfiée, son fils semble tout droit sorti de *Massacre à la tronçonneuse* ou d'un quelconque autre film d'horreur où gicle le sang scène après scène. On ignore seulement s'il fait partie des victimes ou s'il n'est pas l'instigateur du carnage, tant ses yeux exorbités, ses pupilles dilatées et les tremblements qui agitent ses membres par spasmes lui donnent une apparence de détraqué, à la limite de faire peur. Pourquoi ne pas avoir écouté Gabrielle quand elle a suggéré de le tenir à distance pour la soirée, plaidant qu'à son âge il ne s'y sentirait pas à sa place? Mystère. Sûrement parce que l'enfant se faisait une joie d'y participer et que son père n'avait pas voulu le décevoir... Quant à sa compagne, justement, elle lui paraît encore plus déboussolée que Melvil, ce qui ne manque pas de le consterner. Le tissu de sa robe en lamé, détrempé et maculé de sang, colle par endroits à même sa peau. Ainsi accoutrée, l'allure de Gabrielle en deviendrait presque obscène. Quelques mèches de cheveux se sont agglutinées sur son front et dégoulinent façon poulpe. Un épais filet de Rimmel déborde de ses yeux et lui donne un air de clown triste, qui en d'autres circonstances lui aurait sans doute arraché un sourire amusé, sinon moqueur, mais qui aujourd'hui le met mal à l'aise.

— Dis quelque chose! lui intime-t-elle après avoir rassemblé le peu de souffle qui lui reste pour s'exprimer.

— Calme-toi Gabrielle.

— Réagis, bon sang! s'emporte-t-elle, face à sa volonté manifeste de la faire taire.

Il lui semble voir poindre dans son regard quelque chose qui ressemble à de la déception, peut-être même à une forme de reproche, et elle ne compte pas s'en satisfaire.

— Demande-lui de partir! Elle me maltraite! renchérit Melvil du tac au tac.

— Règle ça au plus vite! lui enjoint son associé, la mâchoire serrée. C'est maintenant ou jamais.

Dans la bouche de chacun des protagonistes, ces mots s'apparentent plus à des menaces qu'à des conseils avisés. Les pensées s'entrechoquent dans l'esprit de Jean-Baptiste Paradis. Son humeur s'assombrit de plus en plus. Il sent se profiler le découragement, quoique s'il y songe, s'il s'accorde une seconde ou deux, le temps de prendre une longue inspiration, de réfléchir posément, de faire la.part des choses, il sait que seul le dernier qui s'est exprimé, son associé, a voix au chapitre et qu'il ne doit pas transiger. Par la faute des deux autres excités, les quelques minutes qu'a duré leur rixe ridicule ont quasiment suffi à ruiner plus de vingt années de labeur acharné. Puisque les invités affluent et qu'ils sont peu nombreux à avoir assisté à la scène, il paraît encore possible de limiter les dégâts. Alors pas question de continuer à laver son linge sale en public, même si donner à son fils la leçon qu'il mérite et rappeler à Gabrielle de se comporter en adulte responsable ne serait pas pour lui déplaire !

— Melvil, tu fonces dans ta salle de bain, lui ordonne-t-il. Je te rejoins dans cinq minutes. Il doit y avoir ce qu'il faut dans l'armoire à pharmacie. Et toi, ma chérie, tu dois retrouver tes esprits. Va te changer et reviens parmi nous un peu plus présentable.

La jeune femme reprend soudainement des couleurs, apparemment piquée au vif. Elle relève le menton, redresse au mieux ses épaules et, faisant fi du monde autour d'elle, très digne, fixe l'homme qui lui a demandé sa main la semaine dernière.

— Et c'est tout ?

— Quoi, c'est tout ?

— Tu dois prendre une décision, mon chéri. Tu ne peux plus reculer à présent.

— Plus tard, Gabrielle…

— Non, maintenant ! Ce gamin est dangereux ! Une vraie bombe à retardement…

— Ce n'est pas le moment pour en discuter.

— Ce n'est jamais le bon moment avec toi ! Mais quand vas-tu ouvrir les yeux ? Regarde ce qu'il m'a fait ! Je refuse de vivre une seconde de plus sous le même toit que lui.

— Alors, va-t'en ! beugle l'enfant, de nouveau prêt à en découdre, du moins s'il n'en était pas physiquement empêché par l'associé.

— Vous arrêtez ! tonne M. Paradis, qui de

toute évidence ne peut tolérer la perspective de se laisser une fois de plus déborder.

Puis il conclut avec autorité :

— Le sujet est clos. Dégagez !

La jeune femme se fige en braquant sur son compagnon un regard désemparé, lequel, loin de produire l'effet escompté, ne recueille qu'un froncement de sourcils à peine perceptible.

— Très bien ! finit-elle par capituler, avant de tourner brusquement les talons.

À pas lents, mesurés, elle se dirige vers le couloir qui conduit à la chambre à coucher, en évitant avec soin de prêter attention aux convives, qui semblent former une haie d'honneur autour d'elle. Elle sort de la pièce la tête haute, le port altier, à temps, juste à temps pour se préserver de l'ultime humiliation qu'aurait constitué le fait d'éclater en sanglots devant eux. Elle a l'impression de s'être suffisamment donnée en spectacle. Jamais elle ne s'est sentie aussi déconsidérée, aussi avilie de toute son existence, infantilisée aux yeux de tous, rabaissée au niveau d'un petit dégénéré de dix ans – ou pire, bien pire encore, à celui de jolie potiche qu'on aime exhiber à son bras, mais qui ne doit surtout pas trop la ramener, sous peine de se faire éjecter et remplacer par une autre plus docile. Le temps de faire ses bagages et elle est bien déterminée à fuir cet appartement de cinglés ! Et à ne plus jamais y remettre les pieds.

En la regardant quitter la scène Melvil ne peut contenir un sourire narquois. Non pas pour avoir réussi à atomiser sa rivale – il préfère avoir le triomphe modeste, histoire de ne pas trop attirer l'attention sur ses propres méfaits –, mais parce que après l'avoir vue passer des heures et des heures à visionner au magnétoscope les épisodes de *Pour l'amour du risque* [1], poussant le mimétisme jusqu'à adopter récemment la coiffure permanentée de la sémillante Jennifer Hart et imiter à la perfection la moindre de ses expressions, il ne comprend pas qu'elle s'obstine à porter cette immense culotte que sa robe détrempée laisse transparaître. On dirait un dessous de grand-mère qui ne colle pas du tout à ce personnage plein d'assurance et de séduction qu'elle s'évertue à interpréter.

— Quelle cul-terreuse... songe-t-il en se mordant la langue pour ne pas éclater de rire.

— Tu peux m'expliquer ce qu'il y a de marrant ? lui demande son père, manifestement

(1) *Pour l'amour du risque* est une série américaine de 110 épisodes, ayant inspiré 8 téléfilms, produite par le célèbre Aaron Spelling, à qui l'on doit entres autres *Starsky et Hutch*, *L'Île fantastique*, *Drôles de dames*, *La Croisière s'amuse* ou encore *Dynastie*. Elle met en scène un couple de milliardaires, Jonathan et Jennyfer Hart, qui vivent une existence luxueuse dans leur sublime propriété californienne. Entourés de Max, leur domestique, et de Février, leur chien bien-aimé, ils mènent des enquêtes rocambolesques lors d'aventures pleines d'intrigues, de vols, d'arnaques et de meurtres.

à bout de nerfs, avant que sa décision ne tombe comme un couperet. Toi mon garçon, tu vas aller te calmer deux mois chez les scouts. Allez ouste ! De l'air !

— Rideau ! annonce l'associé à l'assemblée en surjouant la bonne humeur. À présent, champagne ! Et qu'on nous monte le son !

Ce qui provoque une clameur générale.

Bilan de la Grande Guerre : toute sa vie, Melvil portera à la joue droite la cicatrice de sa victoire. Trois points de suture sans anesthésie et sans larmes : une immense fierté ! Il a compris que la meilleure stratégie consistait à laisser l'adversaire se découvrir avant d'attaquer, puis à jeter toutes ses forces dans la bataille. Il n'y a pas à dire : la vieille peau était sacrément coriace. De là à penser que l'existence risque à l'avenir de devenir moins excitante, il y a quand même un pas qu'il n'a pas envie de franchir.

— Bon débarras, exulte-t-il. Et la prochaine a intérêt à bien se tenir !

VIII

Le 31 août 1983, à l'issue de nombreux jours d'angoisse, les otages français de l'avion d'Air France sont libérés sains et saufs à Téhéran ; après avoir tiré des coups de feu en l'air, puis improvisé une conférence de presse, les cinq pirates de l'air se sont rendus aux autorités, qui leur ont accordé l'asile politique.

À plus de quatre mille kilomètres de la capitale iranienne, *quelques heures plus tard,* Melvil Paradis descend du bus, un sourire radieux accroché aux lèvres. Tout compte fait, passer les grandes vacances dans un coin paumé au fin fond de l'Ardèche ne lui a pas semblé une expérience aussi pénible qu'il l'avait redouté. Après quelques jours d'observation qui lui ont permis de prendre ses marques, il s'est rendu compte qu'en adoptant un profil bas, il pouvait désorganiser le fonctionnement du camp scout, voire y semer une franche zizanie. Naturellement, il s'est engouffré dans la brèche avec tout l'enthousiasme et la ténacité qui le caractérisent. Il va sans dire que les jeux de piste, les chasses au trésor et les différentes activités dont les gamins autour de lui semblaient se délecter n'ont trouvé grâce à ses yeux que par la possibilité qu'il a eue de les saboter. En outre, la vie en communauté et en plein air étant supposée inculquer aux enfants des valeurs saines fondées sur le partage et la solidarité, il a pris un malin plaisir à intriguer afin d'échapper aux nombreuses corvées qui régissent le quotidien d'un louveteau, excitant les rivalités, s'attribuant des mérites qui revenaient à d'autres, sans oublier de dénoncer discrètement les récalcitrants, c'est-à-dire ceux qui lui résistaient un peu trop frontalement. Les trois « meutes » dont il fit tour à tour partie, et qu'il aurait plus volontiers comparées à des troupeaux d'agneaux décérébrés, causèrent tant de soucis au cours de l'été qu'elles faillirent être dissoutes à plusieurs reprises par les animateurs, en dépit des différentes mesures de discipline que ceux-ci mirent en œuvre. Qui aurait pu se douter qu'un gosse aussi bien élevé, à qui l'aumônier aurait donné le Bon Dieu sans confession, fût un mystificateur si patent, un élément si perturbateur qu'il pût se révéler à l'origine d'autant de rixes, de désertions ou de conflits avec le voisinage ? Évidemment personne…

Après quarante-cinq minutes d'attente, Melvil se résout à rentrer chez lui par ses propres moyens. À pied. Voici plus d'une demi-heure que le dernier de ses petits camarades est parti avec ses parents et, bien que son sac de voyage lui paraisse particulièrement encombrant, il en a marre de poireauter, qui plus est sans doute inutilement. Il profite d'un moment d'inattention des deux bénévoles chargés de le surveiller pour filer en douce… Une fois de plus, son père va prétendre qu'il a dû s'absenter au dernier moment à cause de son travail et qu'il n'a trouvé personne pour venir le chercher, ni moyen de le prévenir. À moins qu'il ne s'agisse là encore d'une mesure de rétorsion destinée à le faire plier en premier. Melvil s'est en effet arrangé pour ne pas l'appeler au téléphone les rares fois où il en a eu la possibilité, et ne lui a pas parlé depuis près de deux mois. Il a bien reçu une lettre – quel effort de la part de son paternel ! –, mais comme il a mis un point d'honneur à ne pas l'ouvrir, il ne s'est pas senti dans l'obligation de lui répondre. La hache de guerre n'a donc jamais été enterrée, du moins officiellement. Il est toutefois impatient de rentrer au bercail. Par conséquent, l'absence de son daron à l'arrêt de bus lui procure un petit pincement au cœur, et il envisage la possibilité de conclure un traité de paix.

— Tiens, bonjour ! prononce Gabrielle en ouvrant la porte. Je suis étonnée de te voir. Nous t'attendions plutôt demain matin…

Melvil marque lui aussi un instant de surprise et demeure sans voix.

— Mais ne fais pas cette tête : entre ! poursuit-elle sur un ton chaleureux. Ton papa travaille sur la terrasse. Je le préviens de ton arrivée. Nous allons tout t'expliquer.

La jeune femme est vêtue d'une robe en mousseline blonde très légère et fendue d'un vertigineux décolleté asymétrique. Son teint joliment hâlé souligne le vert profond de ses yeux tout en rendant son sourire encore plus éclatant. Malgré les deux ou trois kilos qu'elle a dû prendre cet été et qui accentuent l'effet chaloupé de sa démarche, elle n'a jamais paru aussi resplendissante. Le changement qui s'est opéré chez elle durant l'absence de Melvil, cette façon toute nouvelle qu'elle a d'occuper l'espace, de se l'approprier entièrement, donne au garçon un mauvais pressentiment.

— J'arrive ! s'écrie de loin M. Paradis avec excitation.

Après avoir dévalé les marches de l'escalier quatre à quatre, il se précipite vers son fils et le prend dans ses bras.

— Je suis heureux de te revoir ! s'exclame-t-il en le serrant fort contre lui. Je suis content de toi, mon garçon. L'abbé Legrain m'a assuré que tu t'es comporté de façon exemplaire…

Melvil se tétanise en un silence contrit et ne semble pas vouloir participer aux effusions de sentiments. Sa raideur physique conduit son père, après quelques secondes de flottement, à le reposer à terre.

— Comme je te l'ai écrit, Gaby et moi avons une excellente nouvelle à t'annoncer, enchaîne-t-il, toujours aussi enthousiaste, quoique envahi à présent par le doute.

Il s'approche de son amoureuse et appuie doucement la main sur son ventre, qui apparaît soudain arrondi.

— Tu vas avoir un petit frère…

— Ou une petite sœur, rectifie la jeune femme avec malice.

— Si c'est un garçon, nous avons décidé de l'appeler Robinson, ajoute son père non sans fierté. Tu es content, j'espère ?

— Comme Robinson Crusoé, ou comme Robin, le partenaire de Batman, si tu préfères, insiste sa compagne, histoire de bien enfoncer le clou.

Melvil saisit tout à coup l'ampleur de sa défaite en croisant le regard de sa pire ennemie, qu'une lueur sardonique illumine. Il sent qu'elle attendait ce moment avec délectation et qu'elle exulte intérieurement, bien qu'elle sache donner le change en se montrant apparemment magnanime. En mélangeant son sang avec celui des assiégés, l'agresseur a trouvé la stratégie imparable, contre laquelle toute résistance paraît désormais vouée à l'échec. Pour prétendre à la victoire, il ne suffisait pas d'avoir de nombreux atouts en main, encore fallait-il occuper le terrain et surtout ne reculer devant rien.

— J'ai fait un long voyage, se renfrogne un Melvil au rictus amer. Je suis très fatigué. Je vais aller me reposer.

— Mais tu viens à peine d'arriver! Tu as certainement plein de choses à nous raconter…

— Plus tard, peut-être.

— Ce soir alors. Nous allons te préparer un bon dîner…

«Des endives au jambon», a-t-il envie de répliquer, mais il parvient à se réfréner. Il a passé l'âge de ce genre d'enfantillages. Se refusant à laisser paraître la moindre émotion, il soulève son bagage. Avant de prendre la direction de sa chambre, il ajoute d'une voix qu'il veut la plus monocorde possible, mais dont il peine toutefois à masquer la rugosité :

— Le chef de camp m'a parlé d'un pension-nat pour les élèves comme moi, qui apprennent un peu plus vite que les autres. S'il est encore temps, je souhaiterais que vous m'y inscriviez pour la rentrée.

C'est comme un pic à glace qui transperce le cœur de M. Paradis. Son pouls s'accélère. Ses mains deviennent moites. Il jette un regard affligé à sa compagne et se demande s'il ne vient pas de perdre définitivement son fils, son tout premier.

— Pourquoi ce gamin rend-il toujours tout si compliqué ? se désole-t-il en rongeant son frein.

Gabrielle, quant à elle, pourrait se réjouir de la situation : en s'éloignant de sa propre initiative du domicile familial, Melvil semble lui abandonner la place une fois pour toutes. Mais elle est au contraire saisie de vertige. Parce que face à sa réaction si glaciale, devant l'éclat vipérin qui zébrait son regard, comme une décharge de haine recuite, elle a compris que jamais, au grand jamais, il ne les laissera en paix. Elle le sent, elle le sait : les hostilités ne font que commencer. « Touchée », pense furtivement le principal intéressé, satisfait de son petit effet.

Dès ce jour, le 31 août 1983, Melvil Paradis s'efforcera d'éviter tout contact rapproché, toute forme d'intimité avec son père. Sa trahison, il la lui fera payer au centuple. Il a perdu une bataille, certes importante, mais il est loin d'avoir perdu la guerre. Aucun armistice ne sera négocié, aucune réconciliation envisagée, pas la moindre pitié accordée : seules une reddition pleine et entière ou la disparition de l'adversaire pourront mettre un terme aux hostilités.

Jeux de mains, jeux de vilains. Ça va saigner grave. Et il y aura des morts. Au moins.

IX

2023. L'année où les températures estivales pulvérisent les normales de saison dans la plupart des pays de l'hémisphère Nord, pour atteindre des niveaux jamais vus jusqu'à présent : près de 43 °C dans le Vaucluse, 48 °C en Sardaigne et en Sicile, 50 °C à Bassorah en Irak, 56 °C en Californie, dans la célèbre Vallée de la Mort… L'année où se calfeutrer contre l'air brûlant devrait irrémédiablement secouer les consciences, au point d'ébranler les convictions des plus sceptiques. L'année d'un sursaut salutaire. Ou début de la fin ?

Le 23 avril 2023, la firme américaine SpaceX fondée par Elon Musk révèle dans un court-métrage d'animation son plan pour coloniser Mars dans les prochaines décennies. Son but : assurer la survie à long terme de l'espèce humaine. En somme, la sauver de l'autodestruction vers laquelle elle se dirige du fait de son incapacité à juguler ses pulsions suicidaires… La science hollywoodienne, en nourrissant l'imaginaire d'un exode possible, en travaillant les inconscients pour leur offrir un espoir, si aléatoire soit-il, rendrait-elle plus supportable la vision d'un futur anxiogène, le sentiment d'impuissance qui nous étreint tous face au pillage des ressources de notre planète ou la dégradation toujours plus tangible de notre environnement?

Le 28 mai, la réalisatrice Justine Triet reçoit la Palme d'or du 76ᵉ Festival de Cannes pour son film *Anatomie d'une chute*. À cette occasion, elle prononce un discours enflammé dénonçant le mépris et la répression envers les opposants à la réforme des retraites par un pouvoir de plus en plus dominateur, et défendant l'exception culturelle française qu'elle considère comme menacée. Ovationnée par une grande partie de la gauche qui voit en elle sa meilleure porte-parole, la troisième femme de l'histoire à obtenir la prestigieuse récompense provoque un tollé à droite, et au sein des instances macronistes en particulier, dont les élus se relaient dans tous les médias pendant plusieurs jours pour l'accuser d'être «une enfant gâtée qui crache dans la soupe», «une ingrate biberonnée aux subventions publiques»… Fidèle à son habitude depuis les dernières législatives qui lui ont ouvert grand les portes de l'Assemblée nationale, l'extrême droite demeure en retrait de la controverse, tapie dans l'ombre et en embuscade. Mais hilare… Loin de l'apaisement et agitée de violents soubresauts comme de polémiques stériles, la société française paraît plus polarisée que jamais, morcelée en trois camps irréconciliables. Quatre si l'on y ajoute celui des partisans, toujours plus nombreux, de l'abstentionnisme. Un parfum d'animosité semble flotter dans l'air, l'impression qu'il suffirait d'une étincelle pour mettre le feu aux poudres, peut-être même l'envie d'en découdre. Avec, en arrière-fond, la figure tutélaire de Robespierre...

Le 3 juin, le président Volodymyr Zelensky soutient dans un entretien accordé au *Wall Street Journal* qu'après seize mois de guerre, l'Ukraine se tient prête à lancer une contre-offensive pour récupérer les zones occupées par les forces russes. *Le jour même,* Evgueni Prigojine, patron du puissant groupe paramilitaire Wagner, accuse l'armée de son pays d'avoir saboté les voies de sortie de la ville conquise de Bakhmout afin de piéger ses mercenaires, visant indirectement les hautes sphères gouvernementales, sinon Vladimir Poutine lui-même. Lequel, *deux jours plus tard*, qualifie « d'acte barbare » la destruction du barrage de Kakhovka – de l'avis général miné depuis des semaines par ses propres troupes –, qui en inondant plus de six cents kilomètres carrés a provoqué l'évacuation de milliers de personnes et un grave désastre écologique. Sans parler des problèmes de refroidissement des réacteurs nucléaires de la centrale toute proche de Zaporijjia... « *Et si les*

États-Unis sacrifiaient Taïwan à la Chine?», feint de s'interroger le magazine *Le Point* dans son édition en ligne du *6 juin,* pointant le risque d'un second conflit majeur, qui pourrait embraser l'humanité tout entière. Bonne question. Et si, aurait pu poursuivre le journaliste, nous reconsidérions la possibilité de nous établir sur Mars? Ou sur Titan, l'un des satellites naturels de Saturne? Pour repartir sur de nouvelles bases, en quelque sorte…

Le 12 juin, deux semaines seulement après sa sortie, *L'Enfer au Paradis*, la biographie non autorisée de Melvil Paradis, pulvérise le record de ventes de livres et continue de s'arracher en librairie, avec un tirage qui dépasse à présent les quatre cent cinquante mille exemplaires. L'auteur, qui préfère pour le moment garder l'anonymat par crainte de représailles, affirme avoir mené une enquête au long cours, durant laquelle il a interrogé plus de deux cents témoins, dont certains dans le tout premier cercle de l'homme d'affaires.

Le portrait qu'il dresse du célèbre entrepreneur de la tech s'avère glaçant, très loin du personnage haut en couleur aux quatre-vingt-neuf millions d'amis sur Instagram, bien connu du grand public tant son histoire individuelle occupe le devant de la scène depuis près d'un demi-siècle et semble résonner, sinon faire corps avec notre histoire collective.

— L'incarnation à lui seul des excès de notre époque ! s'est exclamé Yann Barthès dans son émission *Quotidien*, en réaction à un invité qui questionnait le sens de son omniprésence médiatique.

— Une figure vivante de la culture pop ! a enchaîné Ambre Chalumeau, la sémillante chroniqueuse du *talk-show* le plus regardé de France.

Puis de citer, pêle-mêle, ses aventures amoureuses dont la presse *people* se délecte, son train de vie somptueux digne d'un nabab, ses prises de position sur l'écologie souvent à contre-courant des milieux économiques et qui lui valent de solides inimitiés en son sein, ainsi que son projet pharaonique avorté de couvrir d'un nouveau type de panneaux solaires le Sahara occidental afin d'alimenter en électricité une grande partie de l'Europe de l'Ouest. Et de poursuivre sur un tout autre sujet : l'influence qu'il exerce sur ses dizaines de millions de *followers* ne connaît pas d'équivalent dans l'Hexagone. Son bataillon de « petits guerriers », comme il les surnomme avec affection, voit en lui, au-delà du touche-à-tout hyperactif menant une existence de rêve, un innovateur de génie, un des seuls capables de repousser toujours plus loin les limites de la science, celle permettant d'atteindre l'objectif ultime, le saint Graal moderne, rien moins que venir à bout du réchauffement climatique ! Au total, dix-sept start-up parmi sa galaxie d'entreprises y œuvrent sans relâche. Le summum du cool, non ?

L'auteur de *L'Enfer au Paradis* n'hésite pas à assombrir le tableau. Documents comptables à l'appui, il affirme que le magnat a spéculé avec les actifs de ses clients et que son fonds d'investissement LPA (Lost Paradize Again) ne constitue qu'un système de Ponzi très sophistiqué susceptible de tous les conduire à la ruine. À la suite de ces révélations, le parquet national financier a ouvert une enquête préliminaire, dont les conclusions devraient tomber dans les tout prochains jours. D'ores et déjà, un vent de panique s'est mis à souffler sur les principales places boursières européennes, qui craignent une possible faillite et un risque de contamination systémique. Contrairement à ses habitudes, Paradis ne semble guère pressé de sortir de son silence. Il aurait été aperçu ce week-end dans sa somptueuse propriété du cap Ferrat, où il est néanmoins demeuré injoignable. Cette discrétion paraît pour le moins étonnante de la part d'un expert de la communication, qui reconnaît lui-même ne jamais rien laisser au hasard. D'autant plus que son dernier post remonte à plus de cinq jours déjà et n'en finit pas d'interroger par sa bizarrerie : un gros plan sur un bidet accompagné d'un commentaire laconique : « Toujours prendre le temps de se rafraîchir ! », suivi de trois émojis rieurs…

La seconde partie de *L'Enfer au Paradis*, consacrée à la personnalité de l'entrepreneur, se révèle encore plus dévastatrice pour sa réputation que les accusations de fraude dont il fait l'objet dans la première. Nombreux témoignages à l'appui, y compris d'intimes, Melvil Paradis y apparaît certes comme un homme charmeur et charismatique, doué d'un esprit incisif, à la culture sans faille, mais qui montrerait en privé un tout autre visage, avec une volonté de contrôle de son image virant à l'obsession, ainsi qu'une ambition dévorante le rendant prêt à tout pour réussir.

« Une âme d'une noirceur insoupçonnable ! », conclut l'édito du magazine *L'Express* en date du 25 mai, après avoir expliqué pourquoi il faut prendre ce livre-enquête très au sérieux. Quelques jours avant la mise en rayon du livre, l'hebdomadaire consacre en effet un dossier spécial à Melvil Paradis ; outre cinq pages d'entretien avec l'auteur, il présente trois extraits exclusifs assez représentatifs du contenu explosif de l'ouvrage. Les témoignages d'une ex-compagne, d'un homme politique ayant eu maille à partir avec lui et d'un ancien collaborateur en épuisement professionnel viennent écorner le portrait étrangement lisse du *mogul* de la tech qui figure en couverture du magazine, comme s'il avait été généré par une intelligence artificielle.

Extrait n° 1 : La princesse et le chasseur

« À l'instant où il a posé les yeux sur moi, ma vie est devenue un enfer ! confie Magali L., jeune actrice connue pour ses rôles dans le cinéma d'auteur, et qui fut brièvement la compagne de Melvil Paradis en dépit de leur importante différence d'âge. Un enfer ayant pour cadre les plus grands restaurants gastronomiques et les plus beaux hôtels étoilés, mais un enfer que je ne souhaite à personne. Comment aurais-je pu deviner qu'une simple vidéo publiée sur son compte Insta, où l'on nous voyait danser quelques secondes ensemble, aurait attiré sur moi l'attention de millions de personnes ? Qu'un dîner en "tête-à-tête" aurait provoqué un tel déluge de commentaires enthousiastes ? J'ignorais que j'avais mis le doigt dans un engrenage que je n'aurais jamais les moyens d'enrayer. Parce que après le début de notre relation, où nous ne pouvions pas faire un pas dehors sans être poursuivis par une horde de photographes, Melvil s'est montré inflexible : « Il faut continuer à nourrir le monstre ! », exigeait-il encore et toujours, sans qu'à aucun moment je ne puisse remettre en question sa volonté de nous projeter en permanence au-devant de la scène. Comme il ne savait pas – ou ne voulait pas – séparer sa vie privée de sa vie professionnelle, une armée de l'ombre s'agitait jour et nuit autour de nous et la notion d'intimité devenait toute relative. Entre l'empressement de ses assistants, le défilé incessant d'hommes en costume-cravate, les rendez-vous à honorer à la pelle, le ballet des *community managers* et des attachés de presse, je me demandais où trouver ma place. J'ai compris trop tard qu'elle se limitait à mimer l'illusion du bonheur en m'exhibant tout sourire dans les mises en scène de notre existence parfaite. Forcément parfaite. Quand le nombre de *likes* culminait, j'avais droit à des bracelets de chez Cartier et l'impression de vivre un conte de fées ; puis ils ont commencé à stagner et l'intérêt que me portait Melvil s'est peu à peu délité. Seulement, entre-temps, comme une conne, j'étais tombée folle amoureuse de lui. Lorsqu'un homme avec une stature aussi élevée que la sienne avoue à une jeune femme de vingt ans, en tremblant presque, que ce qu'il ressent pour elle est spécial, qu'il n'a jamais éprouvé autant de sentiments pour quelqu'un, elle fond comme de la neige au soleil… Et quand le prince charmant a semblé faire marche arrière, prendre peu à peu ses distances, j'ai essayé de me raccrocher aux branches, de donner le change tant bien que mal, en recherchant désespérément son attention. J'ai joué à la maligne, piqué des crises, multiplié les caprices. C'était d'autant plus pathétique que Melvil conservait son calme en toute circonstance. Il me regardait m'agiter avec un léger sourire en coin, comme un entomologiste observe un insecte se cogner contre les parois de son bocal.

Bien que son identité ne fasse guère de doute, Magali L. a choisi de ne pas témoigner à visage découvert. Elle préfère éviter de s'exposer à nouveau à des torrents d'insultes et de menaces prodigués par des trolls en roue libre, pour qui émettre la moindre critique envers Melvil Paradis constitue un crime de lèse-majesté, et qui chassent en meute. Une campagne de harcèlements en ligne, subie après leur séparation et qu'elle suspecte avoir été initiée par son ancien compagnon, semble avoir laissé des traces. Ne plus guère recevoir de propositions de travail depuis l'incite également à ne pas rediriger les projecteurs sur cette période qu'elle souhaiterait mettre derrière elle une fois pour toutes. C'est pourquoi elle a longtemps hésité à nous accorder cet entretien, et qu'elle paraît soupeser chacun de ses mots avant de les prononcer.

«Et puis est arrivé le jour où M. Paradis a estimé pouvoir trouver un meilleur piège à clics que moi! formule-t-elle après une longue inspiration, sans parvenir toutefois à réprimer un rictus amer. Une personne plus talentueuse, plus belle, plus riche, plus célèbre... "Toujours plus!", comme l'énonce si bien le slogan de la *Paradise Enterprise*... Un ou deux clichés sur Instagram de Melvil en bonne compagnie auraient dû me convaincre du caractère désespéré de la situation et m'inciter à me tirer fissa avant qu'il ne me congédie lui-même sans solde. Ce qui s'est bien entendu produit très rapidement, dès qu'une nouvelle cible de choix a semblé mûre pour tomber dans ses filets. Tout bien réfléchi, il ne pouvait pas me rendre de meilleur service – j'allais finir cinglée –, quoique retrouver tous mes bagages paquetés dans le hall d'entrée du *penthouse* new-yorkais, avec une enveloppe contenant mon billet d'avion de retour pour la France en classe économique, manquait singulièrement d'élégance. Voux ne trouvez pas ? Quand je repense à cette époque, j'ai l'impression de m'être fait dévorer vivante ! »

Extrait n° 2 : Le politicien et l'assassin

« Son investissement dans les réseaux sociaux relève du pur génie des affaires ! s'extasie un ancien ministre, qui préfère lui aussi taire son nom. Certains constituent des empires médiatiques afin d'élargir leur sphère d'influence ; d'autres financent des campagnes de lobbying dispendieuses ; Melvil Paradis, lui, ne mise que sur sa propre personne… Et cette stratégie fonctionne comme une mécanique de haute précision ! Un seul de ses tweets assure le lancement d'un nouveau produit ou prédit son échec ; un commentaire public sur n'importe quelle entreprise peut entraîner des fluctuations dans le cours de ses actions et rapporter des millions ou en faire perdre davantage… Sa faculté à convaincre des masses de gens de suivre son avis, sur un spectre très large de sujets, lui confère un pouvoir qui dépasse l'entendement, d'autant plus qu'il n'hésite pas à s'en servir de manière très décomplexée. Dans une démocratie telle que la nôtre, où chaque élection peut se jouer à quelques dizaines de milliers de voix près, où les sondages pèsent sur les décisions prises, les politiques se méfient de quiconque peut faire pencher l'opinion dans un sens ou un autre. Lors d'une rencontre à mon ministère, il a expliqué, en regardant droit dans les yeux ma directrice de cabinet qui tentait de négocier un accord avec lui, qu'il valait mieux éviter de se retrouver dans son viseur et que certains à qui c'était arrivé s'en mordaient encore les doigts. La menace se voulait directe ; elle a été mise en œuvre le soir même : il a posté une photo de sa nouvelle compagne américaine en demandant en commentaire s'il devait définitivement quitter Paris pour les États-Unis, et a recueilli plus de cinq millions de *likes* en quelques heures. Le résultat ne s'est pas fait attendre. J'ai reçu dans la foulée un appel furibard des services de Matignon exigeant de céder sur nos principaux points d'achoppement. Et lors du remaniement ministériel qui a eu lieu quelques semaines plus tard, j'ai eu chaud aux fesses… Croyez-moi : Melvil Paradis s'est donné les moyens d'inspirer la crainte. C'est un tueur ! »

Extrait n° 3 : L'ingénieur et le cerveau

« Il pratique une forme très élaborée de management par la peur, corrobore Laurent de Saint Renout, un ingénieur de haut niveau qui, après avoir été lessivé par son infatigable patron, semble très mal digérer la brutalité de son licenciement d'un poste stratégique au sein de la division recherche du groupe Paradis. Très élaborée, poursuit-il, parce que ce management diffère selon les individus et les circonstances, et également parce qu'il dépasse la définition qu'on en donne *stricto sensu*. En ce qui me concerne, il ne m'a pas mis en compétition avec d'autres collègues ; à aucun moment il ne s'est montré cassant ou humiliant en public ; je n'ai jamais redouté de me retrouver au placard, ni même de perdre mon job après une énième crise de colère froide comme il en réserve à ceux qui lui tiennent tête. Et pourtant, j'avais peur. Peur de ne pas répondre à ses attentes. Peur de lire dans ses yeux la déception. Face à lui, je me comportais comme un petit garçon cherchant à tout prix à forcer l'admiration d'un père un peu trop distant… »

Laurent de Saint Renout marque une pause, tandis que son regard très sombre paraît se diluer dans le vide. Il inspire par deux fois, très profondément, avant de poursuivre son explication :

« M. Paradis m'a débauché à prix d'or. Il est venu m'accueillir lui-même lors de ma prise de fonction. Il m'a fait visiter les locaux en me présentant à toutes les équipes. Puis il m'a invité au restaurant, une excellente adresse, où il m'a précisé la nature des projets qu'il souhaitait me confier, l'importance qu'ils revêtaient. J'ignore encore si j'ai trop forcé sur le saint-émilion ou si c'est la fluidité intellectuelle avec laquelle il a partagé avec moi sa vision du futur qui m'a ébloui, mais je suis ressorti de ce repas avec des étoiles plein les yeux, euphorique, comme sous amphéta-mine. Deux ou trois heures, c'est le temps qu'il lui a fallu pour s'engouffrer dans mes failles et nouer avec moi une relation affective à sens unique. Pire : une dépendance hautement toxique. Pourtant, je l'ai vu par la suite passer à l'action sur d'autres, sur des collègues ou des fournisseurs notam-ment, mais je me croyais immunisé, sans doute parce que les stratégies d'emprise qu'il instaurait différaient de celles qui fonctionnaient sur moi. Et puis, comme il appuie dès le premier jour à fond sur l'accélérateur, il ne laisse pas une seconde la place aux états d'âme. Car avec lui, la charge de travail et son intensité dépassent toute mesure. Les dossiers s'enchaînent les uns après les autres. Les défis techniques s'accumulent. Vous êtes en permanence shooté à l'adrénaline… Comme tout bon drogué qui se respecte, il suffisait d'un sourire de sa part, une parole d'encouragement pour activer chez moi le circuit de la récompense et m'inciter à produire plus, toujours plus ; à rebours, un retard quelconque ou une note mal rédigée me plongeait dans des abymes d'anxiété avec la peur panique de décevoir, d'échouer... »

L'ingénieur devient soudain livide. Il semble éprouver des difficultés à articuler la suite, comme si les mots ne lui venaient pas à l'esprit. Il porte un verre d'eau à ses lèvres, et déglutit assez bruyamment avant de se reprendre :

« En arrivant au travail un mardi matin, une foule inhabituelle occupait le hall d'accueil et je n'ai pas compris aussitôt ce qui était en train de se passer. La sécurité bloquait le portillon d'entrée et ne laissait pénétrer les employés qu'au compte-gouttes. L'accès à nos ordinateurs était coupé. Nous disposions d'une demi-heure pour rassembler nos affaires et restituer notre badge. *Game over*. Quelques mois de salaire en guise de solde de tout compte. Le "cerveau névralgique" du groupe, celui qui décide de tout et ne répond de ses actes devant personne, avait transféré l'activité de mon équipe à un autre service, ailleurs dans le monde, en oubliant de nous préciser ce "détail" la veille et sans nous expliquer pourquoi. Voilà à quoi ressemble le système Paradis de l'intérieur. Une machine de guerre redoutable au bénéfice d'un seul, aucune valeur accordée à l'humain ni à l'éthique, l'efficacité comme unique vertu cardinale... En ce qui me concerne, la note à payer s'est avérée assez salée : je me suis effondré ! Deux ans de burn-out et une reconversion professionnelle en cours. Je passe bientôt mon CAP de boulanger. Produire des aliments sains et savoureux pour les autres, revenir à des choses simples, toucher la matière première, me permet de retrouver du sens... J'ai mis mon idéalisme de jeune scientifique à la disposition de M. Paradis. J'ai travaillé jour et nuit pour lui, sept jours sur sept, pendant près de trois ans. Et après avoir extrait de moi la dernière goutte d'énergie, il m'a jeté comme une vieille pelure. Il se nourrit des gens. C'est un vampire. »

— Cette biographie de Melvil Paradis semble découvrir le fil à couper le beurre ! ironise Samuel Thorgard sur les ondes de France Inter, la première radio française à dépasser les sept millions d'auditeurs quotidiens.

Le chercheur en sciences sociales, dont le dernier essai, *La sélection des élites, psychopathologie*, connaît un engouement inattendu en librairie, précise sa pensée :

— Bien sûr que si vous creusez, vous allez déterrer des cadavres ! La construction d'un empire exige à la fois une grande brutalité et un sang-froid à toute épreuve. Il faut souvent dépasser ses principes moraux pour percer dans les affaires. Évidemment, ne pas avoir de scrupule dès le départ simplifie considérablement le processus... Mais que valent les confidences de collaborateurs et de concurrents malmenés, ou la rancœur d'anciens associés qui se sont fait voler leurs idées, face à un homme au succès hors norme, auquel chacun voudrait s'identifier ? Melvil Paradis est le pur produit de quarante années de néolibéralisme qui ont infusé dans les esprits. Qu'importe si derrière cette image de réussite presque parfaite, derrière cette quête effrénée de reconnaissance, derrière le beau rôle qu'il s'attribue de sauveur possible de l'Humanité, qu'importe donc que se dissimule un manipulateur hors pair, qui en fin lecteur de Machiavel croit que la fin justifie les moyens ! Pour le dire en quelques mots : un être humain détestable. Tant que nos sociétés modernes ne s'interrogeront pas sur les rapports de domination, nous continuerons à recruter parmi nos élites des profils sociopathiques, qui prendront des décisions principalement basées sur leurs propres intérêts, en pensant que les règles ne s'appliquent qu'aux autres…

— Je préfère ne pas commenter les allégations d'un brûlot à charge écrit par un auteur qui se cache derrière un pseudonyme, explique Francois Lenglet sur le plateau de la chaîne d'informations en continu LCI.

Et l'éditorialiste économique, connu pour son engagement en faveur d'un marché libre et non faussé, de poursuivre :

— Laissons la justice travailler à son rythme pour trancher, bien que je doute par principe de la pertinence d'un ouvrage reposant sur des témoignages pour la plupart anonymes. En revanche, l'analyse qu'en a livrée ce matin Samuel Thorgard chez nos confrères du service public me paraît comme d'habitude très exagérée et typique de l'état d'esprit anti-entreprise qui règne au sein de la recherche universitaire, voire d'une partie de l'opinion française. Et c'est grave ! On ne peut pas invoquer sans cesse la nécessité de réindustrialiser le pays et s'attaquer délibérément aux grands patrons privés qui s'y attellent avec le plus de talent. Melvil Paradis est-il un génie ou sait-il exploiter au mieux le génie des autres ? Qu'importe, puisque à la fin, seul le résultat compte. Et quel résultat !

— Je voudrais revenir sur les propos ahurissants qu'un certain Samuel Thorgard tient en ce moment dans tous les médias vecteurs de la pensée dominante, s'emporte Pascal Praud dans *L'Heure des Pros*, l'émission-phare de la chaîne de télévision ultraconservatrice Cnews. Melvil Paradis a créé plus de vingt mille emplois directs sur le territoire français au cours de ces dix dernières années. Combien ce M. Thorgard peut-il en revendiquer ? Aucun ! Alors qu'il mette d'abord les mains dans le cambouis avant de la ramener ! Il faudra bien un jour qu'on s'attaque à ces universitaires d'ultragauche grassement rémunérés par nos impôts qui endoctrinent les jeunes générations avec leurs délires marxistes, trotskistes ou je ne sais quoi d'autre. On ne pourra pas se contenter bien longtemps d'obtenir pour seule réponse «payez et fermez-là, bandes de ploucs!».

La charge portée contre Melvil Paradis dans *L'Enfer au Paradis* semble lourde, si lourde et étayée que l'auteur aurait pu s'arrêter à ce stade, ses ventes se seraient déjà envolées à des hauteurs stratosphériques. En agitant le landerneau des éditorialistes, les différentes controverses qu'il suscite lui assurent une couverture médiatique impressionnante. C'est alors que s'ouvre la troisième et dernière partie du livre-enquête, la plus polémique. La plus documentée aussi. Et surtout la plus romanesque. Dans une vertigineuse machine à remonter le temps, d'une précision quasi clinique, y est décrite la cohorte de morts suspectes que Paradis traîne derrière lui depuis ces trente dernières années. Car, de son adolescence à nos jours, beaucoup de monde a rendu l'âme autour de l'homme d'affaires. La proportion d'amis, de collègues, de concurrents, d'employés, de membres de sa famille qui sont passés de vie à trépas est telle, le rythme des disparitions est si effréné, qu'on peut parler d'une véritable hécatombe. À commencer par son propre père et sa belle-mère, le couple d'architectes-star des années quatre-vingt, Jean-Baptiste Paradis et Gabrielle Darley, carbonisés tous les deux lors d'un accident de la route survenu dans des circonstances particulièrement troubles. Seul Robinson, le benjamin de la famille et unique survivant du crash alors qu'il n'avait que quatorze ans, pourrait sans doute expliquer pourquoi leur voiture est venue s'emboutir dans un arbre, tandis qu'elle roulait à tombeau ouvert sur une ligne droite avec le coffre empli de bidons d'essence, mais il a toujours prétendu n'en conserver aucun souvenir et refuse avec obstination d'aborder le sujet. Il a toutefois précisé à différentes reprises qu'il aurait préféré que son célèbre demi-frère périsse à leur place. À chacun d'imaginer l'ambiance des réunions familiales... Dans la liste des disparus prématurément figurent aussi la première femme de Melvil Paradis, Carla Preminger, héritière de l'empire immobilier du même nom, décédée d'une surdose de paracétamol à trente-neuf ans, alors que des rumeurs insistantes de divorce circulaient ; ainsi que Dimitri Tsvetkov, son assistant personnel, mort par défenestration quelques semaines plus tard ; et Stéphane Courbon, l'associé de son père, qui lui aurait appris les rudiments de la finance, avant d'être retrouvé inanimé à cinquante-cinq ans dans sa propriété du lac d'Enghien-les-Bains, vêtu d'une combinaison de latex et ligoté à son lit...

Au fil des pages, qui se dévorent comme un thriller et tiennent en haleine jusqu'à la dernière, sont recensées vingt-quatre morts violentes ; un inventaire macabre qui défie les lois de probabilités, jetant la suspicion sur l'une des personnalités françaises les plus renommées dans le monde. Concours de circonstances, drame shakespearien ou folie sanguinaire d'un homme accro à la toute-puissance ? Acharnement du sort ou meurtres presque parfaits du plus grand criminel en série du XXIe siècle ? Il convient de rappeler qu'à ce jour, les enquêtes judiciaires concernant ces différentes affaires ont toutes été classées sans suite. Et l'auteur de *L'Enfer au Paradis* se garde d'ailleurs bien de trancher, en se limitant à relater les disparitions qui peuvent sembler suspectes, sans jamais porter d'accusations définitives. Sans doute un moyen de s'épargner des poursuites en diffamation. Ou bien de laisser ses lecteurs se prononcer par eux-mêmes...

Si certains jugeront que ce livre-enquête, aussi rigoureux soit-il dans la collecte des faits, pèche dans sa forme par certaines facilités, en particulier au niveau de la réécriture de dialogues qui n'ont eu pour seuls témoins que leurs protagonistes, il pose néanmoins une question centrale : celle de savoir comment, dans une société telle que la nôtre qui impose une transparence à tous les niveaux, une personnalité aussi connue, aussi médiatisée que le fondateur de l'une des plus importantes licornes européennes peut conserver autant de zones d'ombre…

— Vingt-quatre crimes? vient à l'instant de poster Melvil Paradis sur Threads, le nouveau concurrent de X (Twitter).

Avant d'ajouter quelques minutes plus tard :

— Décidément, on ne prête qu'aux riches. Vive la révolution! suivi par deux émojis «morts de rire».

La BIO de Franck BÖ, auteur plastique

Petit Normand (AOC, élevé en plein air, certifié sans OGM), en exil à Paris, Paname. J'aime sillonner les territoires urbains, flâner aux terrasses des bistrots devant un café allongé à regarder la vie qui passe, j'aime prendre le temps. Et puis l'instant où tout s'accélère avec du vent dans la tôto, l'énergie qui circule et les idées qui fusent.

Pêle-mêle, j'aurais adoré prendre un verre avec Françoise Sagan ; je rêve d'une Movida à la française ; j'ai vu presque tous les films de Christophe Honoré et de François Ozon ; le sport à la télévision me laisse assez indifférent ; *Mad men* figure à mes yeux parmi les meilleures séries de tous les temps, *Foundation* parmi les meilleures du moment. Mes bonnes résolutions s'évanouissent devant le premier éclair au chocolat venu. Je ne résiste pas à un joli sourire. Comme tout le monde, je cours un peu derrière le temps…

Et le temps, justement, j'en passe beaucoup devant mes écrans. Il faut bien manger… Je rêve souvent de changer de vie, mais je n'essaie pas vraiment. Sûrement, parce que tout bien réfléchi, elle me convient plutôt bien, ma vie.

Paradis Perdus est mon premier roman. Il y en aura d'autres. Promis !

Remerciements

Je remercie du fond du cœur la joyeuse banque
des kisskissbankbankers – famille, amis, collègues,
inconnus – qui m'ont permis par leur soutien
de poursuivre l'aventure :
Corine & Denis ANNE, Éléonore d'ARSAY,
Lili "Elisabeth" d'ARSAY, Anne BELLANGER,
Marc BERKANE-GIRARD, Pauline BILLOIS,
Dany & Patrice BOSCHER, Katia BOSCHER,
Sylviane BOSCHER, Thérèse & Kristian BOSCHER,
Pierre-Yves BRÉHIER, Sébastien BRIOLLAIS,
Nicolas BRIVADY, Thierry CLEACH, Isabelle COLLETER,
Patrice DEIDDA, Laurence DESFORGES,
Alexis DONSKOW, Nathalie GRISONI, Arnaud GUSTAVE,
Cedric GUSTAVE, Florence HÉBERT, Gérard HÉBERT,
Marie & Fernand HÉBERT, Apolline GIOT TOUGARD,
Marie-Louise & André HOUDAYER, Oliver HUDSON,
Jonathan JAGER, Karen JARDIN-URIOT,
Isabelle LAURENT, Jean-Luc LAVIGNE,
Christian LEBLANC, Michael LEHOUX,
Marco MARCHETTI, Christine de MICHIELI,
Jaja & Olivier MOUNOIR, Didier NOGENT,
Julie de OLIVEIRA, Frt PORAL, Jocelyne ROSSATO,
Gaetan & Laurent de SAINT DENIS RENOUT,
Catherine TOUGARD BRANDALAC, Héloise TOUGARD,
Samuel TOUGARD, Josette & Christian VERIN.

Un grand merci à Isabelle Thomas Rouchy pour la relecture.

Et enfin, une pensée toute particulière à Malou pour son
soutien indéfectible ; à Katia pour son œil de lynx ; et à Ap2l
que j'aime par dessus tout.

Dépôt légal : octobre 2023.

9 791041 528806